UN LIEU ENSORCELÉ:

MEURTRE PAR MANUSCRIT

(CURIEUSE LIBRAIRIE POLAR COZY — TOME 2)

SOPHIE LOVE

Sophie Love

Auteur de best-sellers, Sophie Love a écrit : L'HÔTEL DE SUNSET HARBOR, comédie romantique composée de huit tomes ; LES CHRONIQUES DE L'AMOUR, comédie romantique composée de cinq tomes ; SPECTRAL ET CANIN polar cosy composé (pour l'instant) de trois tomes ; et du nouveau polar cosy CURIEUSE LIBRAIRIE composé (pour l'instant) de trois tomes.

Sophie aimerait avoir de vos nouvelles, alors visitez www.sophieloveauthor.com pour la contacter, vous inscrire à la newsletter, recevoir des e-books gratuits, recevoir les dernières infos et rester en contact !

LIVRES PAR SOPHIE LOVE

CURIEUSE LIBRAIRIE POLAR COZY
UN LIEU ENSORCELÉ: L'EXEMPLAIRE FATAL (Tome 1)
UN LIEU ENSORCELÉ : MEURTRE PAR MANUSCRIT (Tome 2)

UN POLAR COSY SPECTRAL ET CANIN
LES TERRES FANTÔMES : MEURTRE ET PETIT-DÉJEUNER
(Tome 1)
LES TERRES FANTÔMES : MORT ET COLLATION (Tome 2)
LES TERRES FANTÔMES : MALICE ET DÉJEUNER (Tome 3)

L'HOTEL DE SUNSET HARBOR
MAINTENANT ET À TOUT JAMAIS (Tome 1)
POUR TOUJOURS ET A JAMAIS (TOME 2)
A TOUT JAMAIS, AVEC TOI (Tome 3)
SI SEULEMENT C'ÉTAIT POUR TOUJOURS (Tome 4)
POUR L'ÉTERNITÉ, ET UN JOUR (Tome 5)
POUR L'ÉTERNITÉ, PLUS UN (Tome 6)
POUR TOI, POUR TOUJOURS (Tome 7)
NOËL POUR TOUJOURS (Tome 8)

LES CHRONIQUES DE L'AMOUR
L'AMOUR COMME CI (Tome 1)
L'AMOUR COMME ÇA (Tome 2)
UN AMOUR COMME LE NOTRE (Tome 3)

CHAPITRE PREMIER

Lex prit une profonde inspiration, inhalant l'odeur des livres anciens. Un sentiment de satisfaction l'envahit. Tant de choses étaient reliées à cette odeur familière : les souvenirs de son père et de sa librairie d'occasion, l'amour qu'elle avait depuis toujours pour les livres… Et bien sûr, son nouveau travail.

— Ah, vous voilà, Mademoiselle Blair.

Son patron, Montgomery David, était derrière elle. Il se tenait sous l'arche formée par l'encadrement de la porte qui menait à cette partie de *La Curieuse Librairie*. Ses impeccables cheveux blancs étaient plaqués sur sa tête. Il ajusta ses lunettes. Le portrait parfait d'un gentleman d'autrefois.

— Je finis de ranger les nouvelles acquisitions, dit Lex.

Elle sortit un autre livre de la caisse devant elle pour le lui montrer.

— Je viens de trouver cette perle rare dans les classiques d'autrefois, dit Montgomery d'un air distrait, comme à son habitude. C'est excellent, excellent. Vous devriez l'aimer.

Il brandissait un livre relié de tissu jaune. Lex se redressa et s'approcha. Elle le récupéra pour l'examiner.

— De quoi parle-t-il ? demanda-t-elle, déjà excitée à l'idée de découvrir une autre des recommandations de Montgomery.

Il s'était passé plusieurs semaines depuis qu'elle avait récupéré son travail après à un énorme malentendu impliquant un meurtre et une collection de livres rares. Depuis ce jour, son patron lui avait prêté plusieurs exemplaires à lire chez elle. Elle prenait cela comme des devoirs ou des révisions pour son travail, même si c'était beaucoup plus agréable que tout ce qu'elle avait pu faire à l'école.

— D'un éleveur d'ânes, dit Montgomery.

Il lâcha le livre et mit ses mains dans les poches de son gilet. Aujourd'hui, celui-ci était jaune, assortit d'une chemise blanche recouverte de bananes.

— Et de… euh…

Lex savait qu'elle ne devrait pas essayer de terminer sa phrase. Mais Montgomery avait l'habitude de perdre le fil de ses pensées, et les

1

longs silences qui en découlaient étaient trop tentants. Elle ne put s'en empêcher.

— Son troupeau ? proposa-t-elle.

— Sa marionnette enchantée, termina Montgomery.

Comme toujours, Lex resta bouche bée en se rendant compte à quel point elle était à côté de la plaque.

— Ça me paraît intéressant, dit-elle en l'ouvrant pour jeter un œil à la page de garde.

C'était donc une fiction. Les suggestions de Montgomery avaient tendance à englober tous les genres, et jusqu'ici, elle les avait toutes appréciées.

— Évidemment, c'est une allégorie, dit Montgomery.

Il repositionna ses cheveux blancs au niveau de son oreille. Un tintement venant du hall attira leur attention : un client venait d'entrer par la porte principale.

— Oui, bien. Bien. Je ferai mieux de…

Cette fois, Montgomery ne laissa même pas le temps à Lex de deviner les mots manquants. Il s'éloigna simplement de l'arche pour aller accueillir le nouveau visiteur. Lex le suivit, mais s'arrêta promptement en apercevant M. Cromwell. C'était un client incroyablement timide qui préférait ne pas être regardé. Malgré la chaleur estivale, il portait comme à son habitude son long manteau noir. Lex préféra reculer avant que M. Cromwell ne la remarque puisqu'il ne semblait à l'aise qu'en présence de Montgomery. Elle s'occupa en rangeant le reste des livres dans la salle des livres documentaires, les glissant au bon endroit sur les étagères. Malgré l'absence totale de système électronique, Montgomery semblait avoir le don de savoir exactement quels stocks devaient être réapprovisionnés parmi les centaines d'exemplaires en vente. Il y avait à chaque fois juste assez de place sur les étagères pour que les nouveaux livres s'emboîtent parfaitement.

La cloche au-dessus de la porte signala le départ de M. Cromwell. Lex put enfin retourner dans la pièce principale avec sa caisse vide. Elle se glissa derrière le comptoir en bois brut et enjamba Hécate. Le chat noir de la librairie avait tellement été choyé qu'il avait maintenant le contrôle total des lieux. Lex récupéra son sac pour y glisser le livre jaune.

— Vous avez terminé *Auprès de moi toujours* ? demanda Lex.

Elle retourna de l'autre côté du comptoir où Montgomery notait minutieusement dans son registre les détails de sa transaction avec M. Cromwell. Elle lui avait recommandé le roman de Kazuo Ishiguro la semaine dernière, et elle avait été surprise de découvrir un exemplaire d'occasion dans la livraison du lendemain. Montgomery devait le lire avant de le mettre en vente avec le reste. Alors que Lex adorait les livres documentaires, Montgomery était un vrai fan de fantasy. C'est pourquoi cette fiction parsemée de faits scientifiques lui avait paru être pile dans le diagramme de Venn de leurs goûts.

Montgomery posa son stylo un moment en poussant un long soupir.

— C'était vraiment horrible.

Lex le fixa.

— Vous n'avez pas aimé ?

— Oh, c'était un livre merveilleux, lui dit très sérieusement Montgomery. Ces pauvres enfants ! J'arrivais à peine à continuer la lecture, mais je voulais absolument savoir si l'histoire se terminait bien.

Lex sourit, ravie de savoir que le livre avait eu le même effet sur elle que sur lui.

— C'est épouvantable, n'est-ce pas ?

La cloche au-dessus de la porte tinta de nouveau. Lex se retourna, prête à accueillir et aider le nouvel arrivant tandis que Montgomery terminait de compléter son registre. Elle reconnut le nouveau client. C'était un jeune homme qui avait acheté un livre sur les herbes de jardin inhabituelles quelques semaines auparavant. Elle lui fit un signe de tête lorsqu'il entra dans la pièce principale.

— Bonjour, dit-il.

Il tira sur sa cravate multicolore. On aurait dit qu'il sortait tout juste du travail. Il portait un costume gris terne et une chemise blanche unie. C'était presque l'heure de la fermeture, il avait dû quitter son travail un peu plus tôt pour avoir le temps de venir.

— Mon Dieu qu'il fait chaud, vous ne trouvez pas ?

— Si, répondit Lex avec un sourire.

Le magasin était aussi frais que d'habitude. Les anciennes pierres et boiseries semblaient repousser la chaleur. Mais elle était allée se balader durant sa pause-déjeuner et avait dû chercher de l'ombre pour échapper au soleil.

— Je suis contente d'être ici et plus à Boston. Mon appartement se transformait en fournaise dès le mois de juin. Ici, la brise marine permet de rafraîchir un peu l'air.

3

— C'est bien vrai, répondit le client.

Il secoua la tête, affichant une expression de dégoût.

— Je n'ai jamais aimé la ville. Je ne m'imagine même pas y vivre.

Lex savait qu'il en était de même pour la majorité des habitants d'Incanton. Ils embrassaient complètement le concept de la petite ville du bord de mer. En dehors du meurtre de Mme Boddyworth le mois dernier, il ne se passait pas grand-chose dans le coin. Cet évènement avait dû les marquer étant donné qu'ils en parlaient encore.

— Je commence à ressentir la même chose.

Elle sourit par politesse, mais aussi parce que c'était la vérité. Même si elle avait adoré sa vie à Boston en tant qu'éditrice de documentaires chez *Enlivrez-vous*, ce chapitre était terminé. Elle en avait fini et était déterminée à réussir sa vie ici.

— Que pouvons-nous faire pour vous aujourd'hui ?

— Oh ! Oui. Je me demandais si vous aviez des livres sur la culture hydroponique.

En l'accompagnant vers la salle des documentaires, Lex se souvint qu'il s'appelait Jack.

— Tout se passe bien avec les herbes ? demanda-t-elle.

Elle se dit que sa requête devait avoir un rapport avec le dernier livre qu'elle lui avait vendu.

— Non, c'est bien le problème, expliqua Jack. Je pense qu'elles n'ont pas le bon ratio d'eau et de soleil pour se développer. Donc je veux essayer une autre méthode.

— Nous y voilà, dit Lex.

Elle sortit un livre sur l'hydroponie de l'étagère. Même si c'était un sujet très spécifique, Lex le trouva facilement. Elle avait passé des heures à étudier les livres en vente.

— Merci, répondit Jack avec un grand sourire. C'est parfait Alexis. Je vais l'apporter à Monty pour qu'il me l'encaisse.

Lex sourit jusqu'à ce qu'il soit hors de sa vue. Puis elle se retourna vers l'étagère et arrangea les livres pour combler l'espace vide. Elle savait déjà ce que Montgomery allait lui dire : sa chance l'avait encore bien aidée. Il le lui répétait sans arrêt depuis qu'elle avait lu un poème de bonne fortune dans un vieux livre. Comme s'il croyait réellement en une chose aussi folle que la magie.

Elle essayait d'apprendre tout ce qu'elle pouvait de Montgomery dans la gestion d'une librairie d'occasion. Et cela dans un seul but : ouvrir un jour la sienne.

Elle y avait beaucoup réfléchi ces derniers temps. Comment elle allait l'organiser... À quoi il ressemblerait... Malgré l'amour que portait Lex au parquet déformé de *La Curieuse Librairie,* elle voyait son propre magasin autrement. Un grand espace, ouvert, rempli de boiseries sombres et de coins lectures confortables au milieu des étagères. Elle économisait depuis son emménagement à Incanton et en apprenait un peu plus chaque jour. Son rêve était de plus en plus à sa portée.

Lex rêvassa pendant un moment. Elle imaginait les différents présentoirs qu'elle pourrait mettre en place pour inciter les lecteurs à choisir certains titres. Peut-être une pour les très bons romans initiatiques, et une autre pour les histoires d'amour dramatiques. Elle pourrait personnaliser les présentations en fonction de l'actualité. S'adapter aux nouveaux blockbusters, aux films d'espionnage, ou aux derniers polars et leurs disparitions mystérieuses.

Les mains de Lex furent prises de tremblements. Elle avait, par inadvertance, ravivé une pensée qu'elle s'était efforcée de réfréner. Son père. Il avait disparu lorsqu'elle avait quinze ans. Et durant les dix-sept années qui s'étaient écoulées, tout le monde était passé à autre chose. Même sa propre mère s'était remariée. Mais Lex n'avait jamais perdu espoir. Travailler ici, rêver de sa propre librairie... Tout cela n'avait fait que la rapprocher de son père et de ses souvenirs. D'une enfance heureuse passée à errer au milieu des étagères.

En arrivant à Incanton, elle s'était promis que ce nouveau départ signifierait plus qu'une carrière dans les livres d'occasion. Plus que son objectif d'ouvrir une librairie. Elle s'était résolue à retrouver son père, à percer le mystère de sa disparition une bonne fois pour toutes. Mais peu après son emménagement, elle s'était retrouvée empêtrée dans sa propre enquête. Elle avait dû démasquer un meurtrier pour ne plus être soupçonnée. Puis elle avait eu d'autres priorités : son nouveau travail, se faire des amis, aménager son nouvel appartement. Le temps semblait s'être écoulé à toute vitesse.

Mais si elle devait être honnête, ce n'était pas cela qui l'avait empêchée d'avancer dans ses recherches. C'était sa peur. Sa peur de chercher son père et de ne rien trouver. Ou pire encore, de découvrir qu'il était décédé depuis toutes ces années, et qu'ils seraient privés de ces retrouvailles touchantes tant espérées.

Mais ces deux possibilités n'étaient rien comparées à la douleur de l'incertitude. Sa journée de travail était sur le point de se terminer, c'était le moment idéal pour changer les choses.

— Tu dois arrêter de te défiler Alexis Blair, se murmura Lex en ajoutant la touche finale à sa présentation. Tu dois commencer à chercher ton père.

Elle s'arrêta en sursaut. Son cœur tambourinait devant la forme noire qui lui barrait le passage. Mais ce n'était qu'Hécate qui observa Lex de ses yeux dorés durant un long moment.

Ce soir, se dit Lex. Elle plaça sa main sur son cœur battant tandis que le chat s'en allait. Elle voyait un ami après le travail. Ce serait le moment idéal pour commencer ses recherches. Le plus tôt possible. Elle ne pouvait plus attendre.

CHAPITRE DEUX

Lex évita de justesse une vieille femme en arrivant chez *Déjà Bu*. Elle portait une robe en velours qui paraissait trop épaisse pour la saison. L'intérieur du café était déjà très animé.

— Bonsoir, dit Lex poliment.

C'était l'une des clientes de *La Curieuse Librairie*.

— Mademoiselle Blair, répondit la femme d'un ton grave.

Elle était toujours incroyablement sérieuse. Lex ne l'avait jamais vue porter des vêtements qui dévoilaient davantage que sa tête et ses mains.

— C'est une belle journée, ajouta-t-elle.

— C'est vrai, approuva Lex.

Mais la femme était déjà partie, descendant la rue sans un regard en arrière. Lex secoua la tête. Encore l'une des clientes excentriques de Montgomery. La majorité des habitants d'Incanton semblaient avoir eu la même idée que Lex. Venir ici après le travail pour boire un verre et se rafraîchir avant de rentrer chez eux. Elle remonta ses lunettes de soleil et chercha une table.

— Salut, Lex ! l'appela Cassie lorsqu'elle entra.

Celle-ci s'affairait à servir un client. Sa jupe style années cinquante créait autour d'elle un tourbillon de voilage blanc.

— Va t'asseoir. Je t'apporte ta commande habituelle.

Lex sourit et avança vers la dernière table libre du café. Un homme qui faisait la queue devant le comptoir lui jeta un regard accusateur. Mais Lex ne laissa pas la culpabilité l'envahir. Loger au-dessus du café pouvait au moins lui donner un avantage. Même si ce n'était pas le seul. Le loyer abordable et l'amitié de Cassie étaient déjà très appréciables.

Malgré le rythme effréné des clients qui entraient et sortaient continuellement, Cassie arrivait toujours à assurer les commandes. Elle n'était jamais perturbée ou essoufflée. Les clients étaient toujours servis rapidement et ne se plaignaient jamais. Elle eut même le temps de papoter un peu avec Lex en lui apportant sa commande fétiche du moment. Une boisson fraîche aux fruits rouges surmontée de crème glacée, idéal sous cette chaleur.

— C'est quoi toutes ces décorations ? demanda Lex.

Elle fit un geste en direction de la banderole jaune fluo qui était accrochée en travers du mur rose pâle. C'était une touche de couleur supplémentaire dans la pièce au carrelage noir et blanc et aux meubles vintages turquoises.

— C'est le Festival de l'été, dit Cassie d'un ton évident. Tu n'avais pas remarqué ?

Lex avait bien vu quelques changements. Des banderoles colorées s'étiraient entre certains bâtiments et étaient accrochées devant les magasins.

— Qu'est-ce que c'est ? Une grande fête locale ?

— On pourrait dire ça, répondit Cassie en souriant. C'est l'un des moments les plus animés de l'année avec le Festival d'Automne. Les touristes des alentours affluent. Ça se passe ce week-end. Tu devrais au moins venir au défilé !

— J'y serai, dit Lex en haussant un sourcil.

Ça pourrait être amusant, même si elle ne savait pas vraiment à quoi s'attendre.

— Tu attends quelqu'un ? demanda malicieusement Cassie.

Elle ajusta d'une main ses cheveux auburn parfaitement bouclés et coiffés façon *pin-up*, les yeux tournés vers le siège vide en face de Lex.

— Noah t'a raconté quelque chose ? demanda immédiatement Lex.

Elle avait effectivement prévu de passer un peu de temps avec Noah Peabody après le travail. Il avait eu un rôle déterminant dans l'enquête sur le meurtre de Mme Boddyworth et lui avait permis de laver son nom. Il était devenu un très bon ami ces dernières semaines. Mais Lex ne s'attendait pas à ce que Cassie le sache.

— Non, répondit celle-ci en lissant son tablier rétro. J'ai juste remarqué que vous passiez beaucoup de temps ensemble dernièrement.

Malgré elle, Lex sentit ses joues s'empourprer.

— Mais non, protesta-t-elle. Enfin, pas plus que ne le feraient des amis.

— Bien sûr, dit tranquillement Cassie.

Un grand sourire se forma sur ses lèvres écarlates.

— Comme des amis.

— Oh, chut, sermonna Lex en couvrant ses joues. Il n'y a rien d'autre.

— Bien sûr que non, accepta docilement la jeune femme.

Elle se pencha pour replacer correctement le menu sur la table, redressant l'un des coins.

— Mais si c'était le cas, ce serait sympa.

Avant que Lex n'ait eu le temps de répondre, Cassie s'en alla le sourire aux lèvres, en lui faisant un clin d'œil. Elle se dirigea vers le comptoir afin de servir son prochain client. L'attention de Lex se porta sur le menu que Cassie avait arrangé. Il faisait la publicité d'une boisson en l'honneur du Festival de l'été qui serait disponible seulement ce week-end.

Lex observa le menu pour se distraire. Noah arriva quelques instants plus tard. Elle n'avait même pas remarqué son entrée dans le café.

— Salut, dit-il.

Il posa au sol son sac toujours aussi rempli et s'installa en face d'elle.

— Oh ! Salut ! dit Lex.

Elle fut surprise par son arrivée et se sentit rougir de nouveau. Elle ne s'était pas complètement remise des insinuations de Cassie et avait peur qu'il ne le remarque. Mon Dieu, on aurait dit une adolescente. À trente-deux ans, elle ne devrait pas être aussi facilement embarrassée.

— Comment s'est passée ta journée ?

— Bien, répondit Noah avec indifférence.

Il remonta sa monture dorée sur son nez et passa une main dans sa chevelure blonde pour se recoiffer.

— Mais ce n'est pas ce qui t'intéresse. Ce qui t'intéresse, c'est ce que j'ai pu trouver au cours de mes recherches.

— Tes recherches ? répéta Lex.

Elle ne voyait pas de quoi il parlait. Noah était en train de sortir son ordinateur de son sac et le posa entre eux sur la table.

— Oui, j'ai enquêté sur *La Curieuse Librairie*. Tu m'as dit que tu voulais en savoir plus, notamment depuis combien de temps le magasin existait. Du coup, je me suis dit que j'allais regarder sur internet. Et je suis allé de surprise en surprise. Il faut que je te montre.

Lex acquiesça, étonnée. Elle avait seulement mentionné cette idée. Depuis son tout premier appel pour postuler depuis Boston, elle avait l'impression que quelque chose d'étrange émanait de cette librairie et de son excentrique propriétaire. Les différents habitants d'Incanton n'avaient fait que renforcer ce sentiment. Ils parlaient toujours de

Montgomery comme d'un homme bizarre. Mais elle ne savait pas s'il y avait plus que ça. Elle était touchée que Noah ait pris l'initiative de faire ses propres recherches. Son ancien petit ami n'aurait jamais fait ce genre de choses pour elle.

Tandis qu'elle se perdait dans ses propres pensées, Noah ouvrait des onglets. Il les parcourut rapidement afin de lui montrer toutes ses découvertes.

— Tu vois ici ? dit-il en désignant un emplacement sur l'écran. C'est le premier titre de propriété de la boutique. Il s'avère qu'elle est installée à Incanton depuis presque un siècle. Tous les registres de cette époque n'ont pas été numérisés, mais on peut trouver des scans des documents originaux.

— C'est le titre actuel ? demanda Lex en parcourant le texte. Montgomery est désigné comme le propriétaire. En quoi est-ce étrange ?

L'adresse, la description de l'entreprise, et tout le reste semblaient parfaitement normaux, comme on pourrait s'y attendre.

— Rien, répondit Noah. C'est le tout premier acte qui m'a intrigué.

Il cliqua sur un autre onglet. Celui-ci montrait une image scannée d'un papier abîmé, visiblement bruni par les années. Le format était reconnaissable. Mais entre l'enregistrement du nom, l'adresse de l'entreprise, et son propriétaire, Lex ne vit aucune différence.

En dehors de la date. Elle indiquait que quelque chose clochait dans le document.

— Montgomery David est le propriétaire, chuchota Lex. Comment est-ce possible ?

— J'ai vérifié les autres années dans l'intervalle pour être certain, dit Noah. Le propriétaire est, et a toujours été, Montgomery David. Très étrange, non ?

— Très, très étrange, dit Lex.

Puis elle secoua la tête. Non, il devait y avoir une explication logique. Il y en avait toujours une.

— C'est sûrement un nom transmis de génération en génération. Montgomery est… assez âgé. Si son père a ouvert le magasin lorsqu'il était jeune, et qu'il l'a ensuite légué à Montgomery, alors ça expliquerait pourquoi il existe depuis aussi longtemps. Notre Montgomery est peut-être même le petit-fils du premier.

Noah pencha la tête.

— Pourquoi pas, dit-il. Mais ce n'est pas tout. J'ai trouvé d'autres choses.

— Vraiment ? demanda Lex.

Noah faisait défiler des images tout en continuant de parler de ses découvertes. Pourtant, Lex se retrouva à fixer ses yeux bleu-vert qui balayaient rapidement l'écran. Sur les clichés en noir et blanc, on pouvait voir l'extérieur du bâtiment. Il n'avait pas exactement la même apparence qu'aujourd'hui.

Elle se perdit dans ses yeux couleur océan. Dans son visage qui s'illuminait et s'animait tandis qu'il parlait, visiblement excité par le sujet. Mais aussi dans la façon dont ses boucles désordonnées caressaient ses tempes. Un peu de sueur perlait sur celles-ci. Il était venu jusqu'ici à vélo sous le soleil de plomb. Des taches de rousseur étaient de plus en plus visibles sur son nez à mesure qu'il passait du temps à l'extérieur.

Elle commença alors à réaliser que Cassie avait raison. Elle avait bien des sentiments pour Noah. Des sentiments qui dépassaient la simple amitié.

Mais il y avait un problème. Depuis qu'ils se connaissaient, Noah n'avait jamais montré un quelconque intérêt romantique pour elle.

En réalité, il voulait simplement la connaître grâce aux livres qu'elle avait publiés chez *Enlivrez-Vous*. Il les avait lus et voulait en discuter avec elle. Quant à leur amitié naissante, il était évident que Noah adorait faire des recherches. Ce n'était pas juste un talent pour lui, c'était une passion.

— Alors, qu'en penses-tu ? demanda Noah.

Lex haussa les épaules. Pour tout dire, les images n'étaient pas assez choquantes pour prouver qu'il se tramait quelque chose. À l'exception de la révélation concernant le nom du propriétaire...

— Je ne sais pas. Je pourrais toujours demander à Montgomery des informations sur son père, pour voir sa réponse.

— Bonne idée, approuva Noah.

Il ferma son ordinateur et Lex s'apprêtait à lui demander de l'aide pour chercher son père lorsqu'il poursuivit :

— Au fait, tu as déjà été à *La Lanterne de l'Océan* ?

Lex fronça les sourcils sans reconnaître le nom.

— C'est quoi ?

— C'est un phare près du port. Il ne fonctionne plus, il a donc été rénové en restaurant. C'est l'un des meilleurs endroits pour dîner par ici.

— Ah, non, répondit Lex en remettant ses cheveux derrière son oreille. Pas encore.

— Tu devrais vraiment y passer, dit Noah.

Il avait l'air faussement décontracté, comme s'il cachait quelque chose.

— Il y a aussi une super vue. On pourrait y aller un soir.

Lex se figea. Noah était-il en train de lui proposer un rendez-vous ?

Non, probablement pas. Son cerveau lui jouait des tours après toutes ses heures supplémentaires. Il lui envoyait des signaux qui n'existaient pas. Tout ça parce qu'elle venait de se rendre compte qu'elle avait un faible pour lui… Elle avait mal interprété ses paroles, non ?

Lex ouvrit la bouche. Elle cherchait désespérément le meilleur moyen de répondre pour paraître détendue et détachée. Mais elle fut interrompue par la sonnerie de son téléphone posé sur la table. Lex ferma brusquement la bouche et vérifia la provenance de son appel. Il fallut un moment pour que son esprit confus assimile le nom qui était affiché sur son écran.

C'était l'une des personnes qu'elle s'attendait le moins à avoir au téléphone.

— Je… je dois répondre, dit-elle.

Elle récupéra le téléphone et se leva.

— Je reviens de suite.

Elle se précipita dehors avec inquiétude et se demanda pourquoi cette personne l'appelait. Et surtout pourquoi pile à ce moment-là.

CHAPITRE TROIS

Devant *Déjà Bu*, Lex prit une profonde inspiration avant de répondre.

— Allô ? dit-elle.

Elle avait l'espoir que le numéro affiché ne soit pas le bon. Qu'il s'agissait en réalité de quelqu'un d'un peu plus amical. Peut-être que son ancien patron, Bryce, utilisait le téléphone de l'un de ses employés pour une raison obscure. Ce serait plus logique que le nom qui apparaissait sur son écran.

— Salut Lexie ! dit la voix à l'autre bout du fil.

Lex grimaça intérieurement. Le téléphone n'avait pas menti. C'était bien lui : Matt Lang. L'éditeur des romans Jeunes Adultes chez *Enlivrez-Vous*. Celui qui avait toujours eu l'art de surpasser ses performances au travail. Sa chevelure cuivrée et ses yeux dorés semblaient attirer tous ses collègues, qui s'agglutinaient autour de lui comme s'il était le gourou d'une secte.

Et évidemment, Matt avait souvent rabaissé Lex. Même s'il faisait en sorte que ce ne soit pas flagrant. Il trouvait toujours le moyen d'évoquer ses chiffres de vente lamentables. Souvent au travers d'un compliment ironique où il admirait la décision de Lex de se préoccuper davantage de la qualité de ses romans que de ses bénéfices.

Mais tout cela était derrière elle maintenant. Lex n'avait plus besoin de l'impressionner. Elle n'était plus éditrice. Elle essaya de garder cet état d'esprit et redressa les épaules pour se donner du courage.

— Matt. Que me vaut ce plaisir ?

Lex était trop lâche pour laisser transparaître le sarcasme qu'elle ressentait en prononçant ce dernier mot.

— C'est ton jour de chance, annonça Matt de son flegme habituel. Tiens-toi bien Alexis Blair, je suis monté en grade. Il y a une nouvelle maison d'édition à Boston. Une très grosse boîte a décidé de se faire une place sur le marché littéraire. Ils sont venus me débaucher chez *Enlivrez-Vous* et ils m'ont nommé éditeur en chef.

— Génial, dit Lex.

Elle essayait de combattre la jalousie qui l'envahissait. Matt avait vraiment avancé dans sa carrière. Si c'était aussi énorme qu'il le disait, alors il avait sûrement un poste et un salaire plus important que Bryce.

— Félicitations.

— Merci, dit Matt la voix pleine de suffisance. Ils ont bien évidemment reconnu mon potentiel. Au vu de mes exploits dans la section Jeunes Adultes d'*Enlivrez-vous,* il était évident que j'avais besoin de plus de marge pour m'épanouir. Maintenant, je vais pouvoir amener ce genre de succès à toute une maison d'édition.

Lex se racla la gorge, gênée.

— Eh bien, félicitations. Mais en quoi est-ce une chance pour moi ?

Matt éclata de rire si fort que Lex dut éloigner le téléphone de son oreille.

— Oh Lexie ! dit-il en riant. Réfléchis ! Ils m'ont donné carte blanche pour monter mon équipe. J'ai besoin des meilleurs à mes côtés. Alors pourquoi ne pas réunir la fine équipe ?

— La fine équipe ? répéta Lex.

Son cœur battait la chamade. Être contactée directement pour intégrer une nouvelle maison d'édition était extraordinaire. Une telle nouvelle l'aurait rendue extatique il y a un an. Et même il y a quelques mois. Avant qu'elle ne perde son travail, change de carrière et d'objectifs, rompe avec son petit ami et quitte Boston. Avant les ventes désastreuses de ses livres documentaires qui lui nouaient l'estomac et lui faisaient frôler les sanctions. Mais quelque chose lui traversa immédiatement l'esprit en entendant ces mots. Une autre éditrice d'*Enlivrez-vous.* Une avec laquelle Lex ne voulait plus jamais travailler.

— Cela veut-il dire que Karen intègre aussi ton équipe ?

— Karen Johnson ? demanda Matt en riant de nouveau. Non, pas du tout. Nous ouvrirons peut-être une section Autobiographie de Célébrités. Mais nous prendrons une personne capable de faire mieux qu'*elle.* On cherchera des vraies célébrités, des gens qui vont vraiment vendre des livres !

Lex resta momentanément bouche bée. Durant toute sa carrière chez *Enlivrez-vous,* Matt et Karen étaient devenus inséparables. On aurait dit les pestes du lycée, celles qui étaient populaires et dont tout le monde réclamait l'attention. Pourtant, Matt l'avait abandonné, tout simplement.

— Quel genre de travail voudrais-tu me donner ? demanda Lex.

Elle appréhendait la réponse. La seule raison pour laquelle elle avait quitté *Enlivrez-vous,* c'était son transfert au département des Célébrités. Bryce avait pris cette décision, mais elle ne l'avait pas supportée. Les livres étaient très importants pour Lex. Si elle décidait de les publier, ils devaient avoir de la valeur et un effet positif.

— Oh, tu peux continuer tes trucs à récompenses, je m'en fiche. Je ne les lirais pas personnellement, mais c'est important, dit Matt. Ils ont un impact sur le monde, non ? Même si personne ne les lit.

Lex arrivait à peine à respirer. C'était une sacrée opportunité. Une à laquelle elle n'avait pas vraiment réfléchi. Retourner dans l'édition. Mais c'était possible, non ? Au moins sa mère serait très heureuse. Et si elle n'était pas dans l'obligation de réaliser de grosses ventes, contrairement à son travail précédent...

— Tu veux dire que j'aurais carte blanche ? demanda doucement Lex pour être sûre. Je choisirais les titres que je veux publier. Tant que ce sont des candidats potentiels aux récompenses.

— Oui, pourquoi pas ? répondit Matt. Nous ne pourrons bien sûr pas te donner le même budget marketing que les sections Jeunes Adultes et Fictions pour Enfants. Sans parler des autobiographies que nous pourrons décrocher. Mais je ne t'empêcherais pas de récupérer un livre. Pour être franc, je ne sais même pas de quoi ils parlent, donc ce serait inutile de te superviser.

Lex était abasourdie. Elle ne l'avait pas vu venir. D'abord, se faire débaucher alors qu'elle ne cherchait même plus de travail était une surprise. Mais alors recevoir une proposition de Matt, c'était plutôt flatteur. Il aurait pu choisir n'importe qui pour son équipe, et il la voulait elle. Il y a encore quelques mois, Lex se serait prosternée devant lui pour avoir une telle opportunité.

Mais sa vie avait pris une autre direction. Elle envisagea un court instant de quitter *La Curieuse Librairie,* mais eut l'impression qu'on lui arrachait le cœur. C'était chez elle maintenant. Elle n'avait jamais été heureuse chez *Enlivrez-vous.* Mais elle l'était ici.

Si Lex partait maintenant, elle ne découvrirait sûrement jamais ce qui était arrivé à son père. Elle devait suivre cette voie. Si elle réussissait à le retrouver, alors cela vaudrait tous les emplois du monde.

— Je suis désolée, Matt, s'entendit-elle dire comme à travers une vitre. Je ne vais pas pouvoir accepter le poste.

Il y eut un lourd silence à l'autre bout du fil, puis une inspiration.

— Comment ça ? répliqua Matt, surpris.

15

Il avait brusquement changé de ton. Il pensait sûrement que ce serait du tout cuit et qu'il n'aurait plus qu'à lui faire signer le contrat.

— Je suis désolée, répéta Lex. Je ne pense pas que ce soit le bon moment.

— Pourquoi ? demanda Matt. C'est une offre généreuse. Tu dois le savoir mieux que personne.

Lex choisit d'ignorer la pique et préféra se justifier.

— C'est tentant, vraiment, dit-elle. Et je te remercie d'avoir pensé à moi. Mais ce n'est plus le genre de carrière que je veux poursuivre. Il m'a fallu longtemps pour arriver à cette conclusion, mais j'ai enfin l'impression d'être sur la bonne voie. Je ne veux pas gâcher ça, même pour un meilleur travail. Je veux tout faire pour réussir, même si je n'ai commencé que depuis un mois.

— C'est ridicule, la railla Matt.

Lex se retourna, le téléphone collé à l'oreille. Elle aurait voulu pouvoir le confronter en personne. Il poursuivit :

— Écoute, prends le temps d'y penser. Tu passes à côté d'une belle opportunité. Personne d'autre n'est intéressé par le genre de livre factuel et ennuyeux que tu aimes. Je ne veux pas de réponse aujourd'hui. Je te laisse une semaine pour y réfléchir et faire ton choix.

— Mais… commença Lex.

Elle n'avait pas besoin d'une semaine. Surtout qu'il avait déjà sa réponse.

— Pas de mais, la coupa Matt. J'insiste, Alexis. Penses-y. Tu n'auras pas d'offre meilleure que celle-ci. Si tu la refuses, je trouverai quelqu'un d'autre pour le poste. Je ne serais plus là dans six mois quand tu décideras de finalement revenir dans l'édition.

Lex avait un goût amer dans la bouche lorsqu'il raccrocha sans lui laisser le temps de répliquer. Elle n'aimait pas ce qu'il insinuait, qu'elle était une petite idiote à l'imagination débordante. Exactement comme le répétait sa mère. Qu'elle abandonnerait dans quelques mois et rentrerait à Boston pour le supplier de l'embaucher. Alors que c'était son plus grand rêve.

Mais en même temps, elle devait admettre que les paroles de Matt avaient touché une corde sensible. Il pourrait avoir raison. Et si elle ne s'en sortait pas ici ? Si elle se sentait seule à la fin de la saison estivale en réalisant qu'elle ne connaissait pas grand monde ici ? Ou pire, qu'elle se sentait à l'étroit dans cette petite ville où tout le monde se connaissait ? Et si elle essayait d'ouvrir son magasin et échouait ? Elle finirait sans-abri à devoir supplier sa mère de l'héberger.

Lex soupira. Elle regarda à travers les vitres du café à l'endroit où Noah était assis. Il pianotait sur son clavier en attendant son retour. Sa vie ici ne faisait que commencer. Valait-il mieux s'en aller maintenant avant qu'elle ne s'attache trop ? Ou cela voulait-il dire qu'elle abandonnait son rêve trop facilement ?

Lex s'apprêtait à retourner dans le café lorsque son téléphone sonna de nouveau, la faisant sursauter. Elle se promit de changer sa sonnerie pour quelque chose de plus discret, ou de mettre son téléphone en mode vibreur. Lex répondit sans vérifier l'identité de son correspondant.

— Allô ?

— Alexis ! Oh ma chérie, je viens d'apprendre la nouvelle ! cria Miranda Black, la mère de Lex dans son oreille.

CHAPITRE QUATRE

— Maman ?

Lex se maudit de ne pas avoir regardé son écran avant de répondre. Sans ignorer sa mère, elle aurait pu se préparer mentalement à cet assaut contre ses tympans. Elle abandonna son idée de retourner dans le café, fit un signe d'excuse à Noah et lui montra le téléphone par la vitre avant de s'éloigner. Ce serait plus facile de discuter en marchant.

— De quoi parles-tu ?

— C'est Sarah Lang qui me l'a dit. Elle m'a décrit le poste. Je suis tellement heureuse pour toi.

Lex avait du mal à suivre. Lang… c'était aussi le nom de famille de Matt. Sarah devait être sa mère.

— Ce n'est qu'une proposition, lui rappela rapidement Lex.

Pourquoi sa mère s'enflammait-elle autant ? Lex se baladait sur le front de mer, le téléphone collé à l'oreille. Elle se frottait le bras. La température chutait lentement à mesure que le soleil s'approchait de l'horizon et la brise marine amenait encore plus de fraîcheur. Pourtant, malgré son gilet très léger, elle n'avait pas froid. Les frissons qui la parcouraient venaient de l'intérieur.

— Je sais, mais tu reviens en ville, affirma Miranda. Tu reprends la carrière qui t'était destinée. C'est merveilleux. J'étais terriblement inquiète. Maintenant, je suis soulagée de savoir que tu vas reprendre ta place.

— Maman, dit Lex.

C'était compliqué de la couper au milieu de toutes ces effusions.

— Je ne rentre pas à Boston.

Elle s'arrêta un moment pour observer les vagues au loin.

— Pardon ?

Il y eut un silence à l'autre bout du fil. La houle était douce et le bruit de l'eau hypnotisant. Elle aurait pu perdre le fil de la conversation. Dès que les vagues atteignaient leur paroxysme, la marée reculait. L'écume avait à peine le temps de toucher la digue avant que les vagues ne la ramènent vers l'océan.

— Tu vas prendre les transports ? Je suppose que ce serait une bonne idée sur le plan financier. Combien coûte ton appartement ? Peux-tu te permettre de prendre un abonnement ? Ou alors tu vas conduire ? Ça te ferait pas mal de route tous les jours. Tu risques de tomber de fatigue et d'avoir un accident. Non, je pense qu'il vaut mieux que tu prennes le train.

— Maman, arrête ! s'écria Lex en mettant une main sur son front pour calmer son mal de tête. Écoute-moi juste une minute. Je ne reviens pas à Boston parce que je ne veux pas de ce poste. Je l'ai déjà refusé. Matt me laisse quand même une semaine pour réfléchir, mais je reste ici.

Miranda inspira brusquement. Lex se prépara à la tempête qui allait lui tomber dessus.

— Tu n'es pas sérieuse, Alexis ! Tu es encore focalisée sur ton ridicule rêve de petite fille, c'est ça ? Tu finiras sans-abri si tu ne prends pas les bonnes décisions. Tu ne vas pas te contenter d'être assistante commerciale pour le reste de ta vie !

— Je ne vais pas être assistante toute ma vie, lâcha Lex, sentant sa patience s'envoler. Je te l'ai déjà expliqué, Maman. Je me forme pour ouvrir ma propre librairie à l'avenir.

— Du commerce de *livres d'occasion* ! répondit Miranda.

Dans sa bouche « livres d'occasion » sonnait comme « couches usagées ».

— Personne ne va les acheter. Alexis, sois un peu sérieuse ! Maintenant, tout le monde télécharge des ebooks. Dans dix ans, je suis sûre qu'on imprimera même plus de livres. Tu vas perdre ton temps et ton argent de la même façon que ton père. Je ne comprends pas pourquoi tu insistes à courir après ce rêve stupide. Tu as vu par toi-même qu'il est voué à l'échec !

Lex aurait aimé pouvoir dire le contraire, mais les paroles de sa mère la blessèrent. Même si Miranda avait été bouleversée par la disparition de son mari, ils n'étaient déjà plus ensemble à ce moment-là. Elle était passée à autre chose et commençait alors une nouvelle vie avec Roger. Une vie meilleure d'un point de vue extérieur : une maison plus grande, une voiture luxueuse, des dîners avec des amis influents. Même si Lex détestait penser à ça, elle avait toujours eu l'impression que Xander Blair n'avait jamais manqué à sa mère autant qu'à elle.

Parfois, lorsqu'elle était d'humeur particulièrement rebelle, il lui arrivait de se demander si Miranda voulait vraiment qu'on retrouve son ex-mari. Elle savait que c'était méchant. Sa mère avait aussi fait son deuil. D'abord, lorsqu'il avait été porté disparu, et quelques années plus tard, lorsqu'il avait été déclaré officiellement mort. Mais Lex avait toujours voulu plus, voulu des réponses. Alors que Miranda avait simplement accepté qu'il ne soit plus là.

— Je sais que ça n'a pas fonctionné pour papa, dit Lex d'un ton plus doux. Donc je veux faire ça bien. Apprendre les ficelles grâce à quelqu'un qui dirige une librairie florissante. Très florissante. Je vais faire ça correctement et je ne vais pas échouer.

— Bien sûr, tu dis ça maintenant, souffla Miranda. Personne ne s'attend à échouer. Mais tu ne vois pas ce qui est juste sous ton nez, Alexis. Tu mets ton avenir en péril. Tu ne rajeunis pas. Il faut te poser et commencer à fonder une famille. C'est important d'avoir un emploi stable et une bonne carrière pour subvenir aux besoins de tes enfants. Tu dois mettre un terme à toutes ces rêveries.

Lex se mordit la lèvre. Elle savait qu'elle ne pouvait rien dire ou faire pour que sa mère change d'avis.

— Je dois y aller Maman, dit-elle fatiguée en regardant l'océan. Il se fait tard et je travaille demain. Je te rappelle bientôt.

Elle raccrocha avant que sa mère ne puisse ajouter autre chose pour prolonger la dispute.

Lex resta sur la plage pendant des heures à réfléchir jusqu'à ce que la nuit tombe. Les rayons du clair de lune se reflétaient sur les vagues. Lex prit une profonde inspiration. L'atmosphère était tellement différente ici la nuit. Tellement silencieuse. Il n'y avait pas de mouettes qui hurlaient dans le ciel, pas de familles qui jouaient dans le sable, aucun vendeur pour commander des glaces ou des palourdes frites. Sans les rayons du soleil qui éclairaient les couleurs pastel, les boiseries colorées des magasins du bord de mer s'étaient teintées de gris. La seule autre personne présente était la femme en robe de velours. Celle que Lex avait croisée un peu plus tôt. On aurait dit qu'elle dansait sur le sable autour d'une pierre. Mais elle était trop loin pour que Lex la discerne correctement.

— Salut.

Lex se retourna, surprise, et découvrit Noah debout derrière elle.

— Salut. Que viens-tu faire ici ?

— Je vais jusqu'aux mares résiduelles pour mes recherches. Tu t'es sauvée assez rapidement tout à l'heure.

Lex soupira.

— Ma mère m'a appelée.

Les mares résiduelles… ça avait l'air intéressant. Lex ne les avait même pas remarquées. Mais s'il était occupé, elle ne voulait pas l'interrompre.

— Tu fais quels genres de recherche ?

Elle se joignit à lui tandis qu'il se dirigeait vers la zone rocheuse au pied du phare.

Noah lui montra le calepin dans ses mains.

— Rien de précis. Quelques observations de routine pour nos registres. Je teste en journée une fois par semaine et la nuit une fois par mois. Les choses peuvent être très différentes dans le noir.

Lex s'arrêta en même temps que lui et ils observèrent ensemble la première mare qu'ils rencontrèrent. En plus d'un filet, Noah transportait une valise qui contenait des tubes, des pipettes et des carnets. Le tout était parfaitement rangé grâce à des emplacements découpés dans de la mousse.

— Au fait, en quoi consiste exactement ton travail ? demanda Lex.

Sa question était timide. Il était désormais flagrant qu'elle ne le savait pas. C'était l'occasion idéale de demander.

— Je suis biologiste marin, dit Noah en remontant ses lunettes dorées sur son nez avec un sourire fier. Tu ne le savais pas ? Je travaille pour le laboratoire en haut de la falaise.

Il lui indiqua un point au-delà du phare, là où le sable du littoral laissait place à des rochers qui s'empilaient jusqu'à former une falaise. Cet endroit marquait la fin du développement urbain d'Incanton.

— On n'a jamais abordé le sujet, répondit Lex. Du coup, tu fais de la plongée et d'autres choses dans ce genre ?

Noah rit.

— Pas très souvent. Non, je suis basé au laboratoire. La plupart du temps, je ne fais qu'écrire des chiffres dans des tableaux.

L'esprit de Lex tournait à plein régime. Les petites connexions qu'elle avait remarquées devenaient évidentes. Lors de leur première rencontre, Noah lui avait dit qu'il avait lu certains des livres qu'elle avait publiés chez *Enlivrez-Vous*. C'était logique. Puisqu'il travaillait dans le domaine de la recherche marine, il les avait lus dans le cadre de son travail.

— Alors, que surveilles-tu ici ? demanda Lex en observant la mare.

Il n'y avait aucun signe de vie. Ce n'était qu'une flaque d'eau inoffensive.

21

— Différentes choses, dit Noah.

Il se pencha sur son calepin pour prendre quelques notes.

— Le pH de l'eau, le nombre de micro-organismes dans le prélèvement que je ramène. Je filtre l'eau dans ce filet pour observer la présence d'organismes plus grands qui vivraient dans la mare. Je note également les déchets et les traces de pollution que je retrouve à l'intérieur.

— Ça fait beaucoup de boulot.

Noah haussa les épaules et remonta ses lunettes sur son nez en se redressant. Il rangea son tube à essai.

— C'est important de suivre ces évènements. Ça te dit de voir un crabe ?

— Un crabe ?

Lex ne put s'empêcher de rire. La question était posée avec tellement de candeur. Comme l'aurait fait un enfant. L'enthousiasme de Noah pour son métier était tellement évident qu'il en était contagieux. Il éclata aussi de rire, l'air impatient.

— Il y a un crabe géant qui vit dans l'une des mares par là-bas.

Il se leva, frotta ses genoux, et lui tendit la main.

Lex la prit et suivit Noah. Il avançait agilement sur les rochers et monta jusqu'à l'endroit où le sable disparaissait complètement. Puis il s'arrêta devant un gros trou où une flaque s'était formée. L'eau était tellement claire que Lex pouvait voir la texture de la roche.

— Regarde ça, dit Noah.

Il retourna le filet pour mettre le manche dans l'eau. Il l'agita près d'une cavité qui semblait être creusée sous la pierre la plus proche. En un clin d'œil, une pince apparut et l'attrapa.

Lex eut un cri de surprise avant de rire. Même si elle avait été prévenue, le mouvement brusque du crabe l'avait fait sursauter. Noah tira gentiment sur le filet et le crabe suivit le mouvement au fond de la mare.

— Comment fais-tu pour qu'il lâche ? demanda Lex.

Amusée, elle regardait le crabe avancer et reculer comme s'il essayait de les intimider.

— Hmm, dit Noah en riant doucement. Je pourrais être cruel et tirer d'un coup. Mais je préfère attendre qu'il se lasse et s'en aille.

Lex éclata de rire.

— On y sera peut-être encore demain matin.

Noah haussa les épaules, penaud.

— J'espère que non. Il l'a déjà attrapé la dernière fois que je suis venu. Donc je me dis qu'il va comprendre que ce n'est ni de la nourriture, ni un prédateur et le relâcher rapidement.

— Euh… dit Lex.

Elle essayait de rassembler son courage. Le phare était juste au-dessus d'eux et lui rappelait ce dont elle avait envie. Alors elle allait devoir se lancer.

— Au fait, j'aimerais bien essayer *La Lanterne de l'Océan*.

— C'est vrai ? demanda Noah en souriant. Ça te dirait d'y aller lundi soir ? Je sais que ce n'est pas un jour habituel, mais le Festival de l'été va nous prendre tout le week-end. En plus, c'est le dernier jour des célébrations lundi. On sera aux premières loges pour regarder la fête sur la plage.

— Parfait !

Lex sourit, soulagée que l'obscurité masque son embarras. Elle regarda Noah tandis qu'il jouait avec son filet. Il lui racontait plein de choses sur les crabes. Des choses qu'elle savait déjà étant donné qu'elle avait publié un livre sur les crustacés quelques années auparavant. Mais elle le laissait parler, d'une part parce qu'il avait l'air très emballé de partager ses connaissances, et de l'autre parce qu'elle aimait bien l'écouter.

Cela aurait été une magnifique soirée si elle avait pu empêcher son esprit de la tourmenter.

Elle n'arrivait pas à se concentrer. Il y avait tellement de paramètres, tellement de choses qui la tracassaient. Quand elle pensait à l'offre de Matt, elle pensait à Montgomery, au fait de le laisser seul dans le magasin. Quand elle songeait à quitter la librairie, elle pensait à partir d'Incanton, à laisser Noah et Cassie, son nouvel appartement, les amis qu'elle commençait à se faire.

Et quand elle pensa à quitter Noah, cela lui rappela leur première rencontre tout près d'ici. Il l'avait percuté à l'endroit où elle avait été stoppée net par un souvenir inattendu de son père.

Si Lex partait, elle ne suivrait peut-être jamais cette piste, aussi infime soit-elle, qui pourrait la conduire à son père. Elle n'aurait jamais les réponses à ses questions. Que lui était-il arrivé ? Où avait-il disparu ? Était-il encore en vie ?

Et ce n'était pas tout. Même si les découvertes de Noah étaient minces, elle avait aussi beaucoup de questions sur la librairie. Maintenant, le magasin représentait plus qu'un entraînement pour

23

atteindre son rêve. Elle s'y sentait chez elle. Mais Lex était également déterminée à savoir ce qu'il se passait vraiment derrière la porte fermée du premier étage. Celle dont Montgomery lui refusait l'accès. Les mystérieux clients qui semblaient tous plus excentriques les uns que les autres. Les livres eux-mêmes qui abordaient des sujets très étranges. Certains collectionneurs leur portaient tellement d'intérêt qu'ils n'hésitaient pas à employer la violence. Il se passait forcément quelque chose qu'elle ne comprenait pas.

Supporterait-elle vraiment de tout abandonner et de ne jamais avoir ses réponses ?

Une chose était sûre : son temps était compté. Même si elle refusait l'offre de Matt, elle avait l'intention d'ouvrir un jour sa propre librairie. Ce qui signifierait quitter Incanton. Mais avant cela, elle devait trouver les réponses. Et elle avait sa petite idée sur la personne qui pourrait l'aider. Quelqu'un qui était dans le coin depuis assez longtemps et qui lui dirait par où commencer.

CHAPITRE CINQ

Le soleil était encore tout proche de l'horizon lorsque Lex arriva devant *Objets Trouvés près de la Mer*. Le bâtiment recouvert de planches abritait des objets et décorations en tout genre. Ils étaient créés à partir d'éléments échoués sur la plage, façonnés et polis par les vagues.

Cependant, elle n'était pas venue pour acheter une bricole. Lex s'était levée tôt dans le but de parler au propriétaire avant qu'il n'ait trop de clients. La cloche au-dessus de la porte tinta pour annoncer son entrée. Un tintement différent de celui que Montgomery avait installé à *La Curieuse Librairie*. Ici, il lui rappelait les signaux que s'envoyaient les bateaux lorsqu'ils se croisaient.

Ian Blacksmythe se tenait derrière le comptoir, et leva les yeux à son arrivée. Il eut d'abord l'air surpris de voir un client aussi tôt, mais sourit dès qu'il la reconnut. Ian était l'une des premières personnes que Lex avait rencontrées en ville. C'était juste avant son entretien, lorsqu'elle explorait les environs. Elle ne s'était pas rendu compte que c'était le père de Cassie avant de les voir côte à côte. Même si les cheveux hirsutes et la barbe de Ian étaient grisonnants, on pouvait tout de même apercevoir les traces de sa couleur naturelle, l'auburn, qu'il partageait avec sa fille.

— Alexis, s'exclama Ian. Qu'est-ce qui t'amène de si bon matin ? Tu cherches un souvenir ?

— Pas tout à fait, avoua Lex avec un sourire coupable pour éviter qu'il ne se fasse de faux espoirs sur sa visite. C'est plutôt une visite de courtoisie. Il n'est pas trop tôt ? Je ne veux pas vous interrompre si vous vous préparez pour la journée.

— Mais non ! répondit Ian.

Il haussa les épaules et posa une boîte remplie de stylos en plumes de mouettes sur le comptoir. Puis il se tourna vers elle. Il joignit ses mains et les mit devant son gilet vert foncé à l'endroit où se formait sa petite bedaine. Encore un signe de son âge avancé.

— Que puis-je faire pour toi ?

— En fait, c'est… Lex hésita et le rejoignit devant le comptoir, cherchant les bons mots. J'ai l'impression que vous êtes à Incanton depuis assez longtemps.

— Depuis ma naissance, déclara fièrement Ian. Un pur produit d'Incanton. D'ailleurs, ce magasin a appartenu à mon père avant moi.

C'était parfait. Mieux encore que Lex ne l'avait espéré. Ian avait à peu près le même âge que Montgomery. S'il avait passé toute sa vie ici, il pouvait répondre à certaines de ses questions. Elle était tellement nerveuse à l'idée de découvrir le moindre indice sur son père qu'elle hésita. Finalement, elle préféra commencer avec un sujet moins sensible.

— C'est à propos de *La Curieuse Librairie*, commença-t-elle. L'histoire de la ville et du magasin en lui-même m'intrigue.

— Pourquoi ne demandes-tu pas à Montgomery ? répliqua Ian.

Il y eut un silence et l'homme lui lança un regard compréhensif.

— Laisse-moi deviner. Tu as essayé, mais il est étrange. Je ne t'en veux pas. C'est normal de ne pas vouloir aborder ce genre de sujet avec lui. Il a toujours été discret.

— Toujours ? rebondit Lex. Vous le connaissez depuis que vous êtes petit ?

— Oh, oui, acquiesça Ian. Aussi loin que je me souvienne. *La Curieuse Librairie* a toujours existé. Tout comme *Objets Trouvés près de la Mer* et beaucoup d'autres entreprises du coin. Les gens s'installent, fondent une famille et restent pendant des générations.

— Alors Montgomery a lui aussi hérité du magasin de son père ? demanda Lex.

Elle aurait au moins la réponse à l'une de ses questions sans passer pour une idiote. Après tout, Ian l'aurait regardé bizarrement si elle lui avait demandé de confirmer que Montgomery était centenaire.

— C'est exactement ça, confirma Ian.

Cette affirmation permit d'apaiser l'esprit de Lex et de résoudre l'un des mystères de Noah.

— Tu sais, je pense que tout cela à avoir avec les changements qui ont eu lieu en ville ces dernières années.

— Comment ça ? répondit Lex, de nouveau sur le qui-vive. Vous venez de dire que rien n'avait changé depuis plusieurs générations.

— Il y a des points qui restent comme je l'ai dit, affirma Ian. Ma famille, sa famille et quelques autres. Mais ça a commencé à changer il y a une vingtaine d'années. De nouvelles personnes sont arrivées en ville, différentes des habitants que nous avions jusque-là.

— Quels genres de différences ?

— Eh bien… Ian s'arrêta pensif. Comment dire ? *La Curieuse Librairie* a toujours attiré des clients excentriques. Des collectionneurs, des personnes avec leurs manies et leurs habitudes. Je suis sûr que vous en avez déjà rencontré.

Lex acquiesça silencieusement. Le terme était faible. Entre les femmes âgées qui insistaient pour porter des costumes d'époque, le timide M. Cromwell et l'inconnu au manteau noir qui l'avait suivi pour un livre le mois dernier… Il était clair que les clients de Montgomery n'étaient pas le genre de personnes normales que l'on pouvait croiser à Boston.

— Il y a environ vingt ans, ils ont décidé de faire plus que venir au magasin, ils se sont installés. Certaines des vieilles propriétés familiales ont été rachetées par ces nouveaux arrivants lorsque les lignées se sont éteintes. D'autres ont choisi de construire leurs propres maisons et de développer la banlieue d'Incanton. Comme Mme Boddyworth par exemple, je crois que tu connais bien sa maison.

Lex réprima un frisson face au souvenir du manoir où elle avait vu son premier cadavre. Ce n'était pas très loin du centre-ville, dans une zone plus isolée où les propriétés étaient immenses et éloignées.

— Il y a eu… des problèmes ? demanda Lex avec hésitation. Enfin, en dehors du meurtre de Mme Boddyworth. J'ai eu l'impression que ce n'était pas le genre de choses qui arrivent souvent par ici.

— Mon Dieu, non ! s'exclama Ian en secouant la tête. Non, c'était un événement traumatisant. Ce n'était jamais arrivé auparavant. Cela fait des années que les décès à Incanton sont dus à des causes naturelles. J'ai du mal à me souvenir d'un quelconque crime. Mais…

— Mais quoi ? insista-t-elle devant l'hésitation de Ian.

— Oh, je ne devrais pas commérer, dit-il penaud. On dirait une concierge. Mais il y a des rumeurs.

— Sur quoi ? demanda Lex.

Son esprit s'imagina le pire : des meurtres, un marché noir de livres rares, des sacrifices rituels. Si les clients de Montgomery croyaient que lire un poème allait leur porter chance, alors ils pouvaient croire en n'importe quoi.

Ian balaya l'air d'un geste.

27

— Je ne sais pas vraiment. Des choses bizarres. Des choses que je ne peux pas vraiment expliquer et qui amènent plus de questions que de réponses. Je n'ai pas d'exemples précis. Il n'y a pas vraiment de fondement. Même s'il y a eu une certaine animosité lorsque ces gens se sont installés et ont envahi la ville, il ne s'est rien passé. Ils restent entre eux, comme tout le monde. La plupart d'entre eux sont maintenant devenus des doyens de la communauté.

Lex y réfléchit.

— Vous souvenez-vous de la date d'ouverture de La Curieuse Librairie ? demanda-t-elle. Je sais qu'elle date de plus de vingt ans, mais…

— Oh oui. Beaucoup plus que ça. Elle était déjà là quand j'étais enfant et le père de Montgomery la tenait avant lui. Je ne me rappelle pas exactement. Les souvenirs d'enfants se dégradent avec les années.

— Ce n'est pas grave, dit rapidement Lex pour qu'il n'ait pas l'impression de la décevoir. Je suis sûre que Montgomery me le dira si je lui demande.

Elle hésita. Il y avait encore une chose qu'elle voulait lui demander. Mais la question restait coincée dans sa gorge. Était-ce la peur qui la retenait ? Et si elle n'aimait pas la réponse ?

— C'est tout ? lui demanda gentiment Ian. Tu as l'air perdue.

Lex soupira.

— Je voulais vous demander si vous connaissiez mon père, dit-elle rapidement avant de pouvoir changer d'avis. Il s'appelait Alexander Blair, mais il préférait Xander.

— Xander Blair, répéta Ian pour tester. Non, ça ne me dit rien. C'est un nom inhabituel, pourtant. Pourquoi ? Il a vécu ici ?

— Je ne crois pas, répondit Lex. Je sais qu'il est venu. J'étais avec lui. Mais je ne sais pas si ses visites étaient ponctuelles ou récurrentes. Je… dans mon souvenir, il avait l'air de connaître Incanton. Mais comme vous le dites si bien, les souvenirs d'enfance se dégradent. Et j'avais tendance à voir mon père comme un héros. Je me suis peut-être imaginée une confiance qu'il n'avait pas réellement.

Ian haussa les épaules.

— Ce n'est pas parce que ce nom ne me dit rien qu'il n'est pas venu ici. Tu devrais en parler à Mme Sanderson.

— Mme Sanderson ? répéta Lex, alarmée.

C'était l'une des clientes les plus irritables de Montgomery. Elle insistait pour traiter uniquement avec lui et ne voulait pas avoir affaire à Lex. Elle avait même montré du dégoût lors de leur première rencontre. Juste parce que Montgomery ne l'avait pas prévenu de l'arrivée d'une nouvelle employée pouvant compromettre sa discrétion.

— Elle connaît très bien l'histoire de la ville jusqu'à aujourd'hui, l'informa Ian. On pourrait dire que c'est l'historienne de la ville. Elle est à la tête de la Société Historique et c'est aussi elle qui organise bon nombre de nos reconstitutions. Elle reste informée sur tout ce qu'il se passe ici.

— Mais s'il n'est venu qu'une fois ? demanda Lex.

Elle ne voulait pas se faire trop d'espoir. Surtout avec Mme Sanderson. Elle ne serait pas surprise que la vieille femme refuse de l'aider sans aucune raison.

— Oui, approuva Ian. Tu pourrais avoir de la chance.

Lex prit une profonde inspiration.

— Merci, dit-elle.

Elle n'était pas particulièrement fan de sa suggestion. Si Lex n'avait pas d'autres pistes, elle allait devoir traiter avec Mme Sanderson. Même si cette idée la dérangeait.

Dehors, le son du clocher vint perturber les cris des mouettes et annonça le début d'une nouvelle heure à Incanton. Lex sursauta. Elle allait être en retard au travail. Ce détour avait pris plus de temps qu'elle ne l'avait anticipé.

— Je ferai mieux d'y aller, dit-elle à Ian en se précipitant vers la porte. Encore merci pour votre aide !

— Avec plaisir, cria-t-il dans sa direction.

La conversation avec Mme Sanderson allait devoir attendre. En cet instant, Lex devait être ailleurs. Et après avoir failli perdre son travail le mois dernier, elle ne voulait pas risquer de nouveaux ennuis en prenant l'habitude d'être en retard.

CHAPITRE SIX

Le tintement familier de la clochette au-dessus de la porte fit grimacer Lex lorsqu'elle entra dans *La Curieuse Librairie*. Elle aurait aimé se faufiler à l'intérieur et atteindre la salle du fond sans que son entrée ne soit annoncée aussi bruyamment. Au moins, elle aurait pu prétendre être arrivée depuis longtemps lorsque Montgomery l'aurait trouvée.

Mais bon ça aurait été malhonnête. Lex était vraiment en retard. Il valait sans doute mieux assumer les conséquences au lieu de vouloir tromper son employeur. Surtout qu'il avait toujours été gentil avec elle depuis qu'elle avait commencé.

Hécate se tenait dans le couloir, sur le parquet tordu. Elle la fixait. Lex croisa son regard, honteuse. Prise la main dans le sac par le chat.

— Mademoiselle Blair ? Mademoiselle Blair ? l'appela Montgomery.

Même si Lex grimaça intérieurement, elle se rendit compte qu'il n'avait pas l'air en colère.

En fait, il avait l'air excité.

Lex arriva dans la pièce principale du magasin. Montgomery se trouvait derrière le comptoir et tenait une lettre dans ses mains. Il devait avoir lu le courrier de la librairie, car il avait une étincelle dans les yeux, une sorte d'énergie. Lex haussa les sourcils.

— Qu'y a-t-il ? demanda-t-elle.

Elle espérait qu'il n'allait pas essayer de lui faire deviner. Un livre rare était-il arrivé sur le marché ? Une commande venue de loin ? Un message d'un membre de sa famille qu'il avait perdu de vue ?

— D'excellentes nouvelles, d'excellentes nouvelles ! Quelqu'un est mort ! s'exclama Montgomery.

Il agitait le papier dans les airs avec un grand sourire. Lex s'arrêta avant d'atteindre le comptoir pour poser son sac à l'abri des regards.

— Ce n'est pas ça qui est excellent, dit rapidement Montgomery.

Une vague de tristesse passa dans son regard avant que son visage ne soit de nouveau envahi par la joie.

— C'était un collectionneur de livres rares qui avait une sacrée réputation. Il semblerait qu'il soit mort sans aucun héritier, aucun héritier. Alors ils vendent tous ses biens. Tout doit disparaître !

— Vous pensez qu'il y aura beaucoup de livres rares à vendre ? dit Lex.

Elle comprenait enfin pourquoi il était aussi enthousiaste. Elle avait eu peur sur le coup, mais maintenant elle était rassurée. C'était du Montgomery tout craché.

Sûrement beaucoup, lui dit-il. Il mit la lettre sur le comptoir pour qu'elle puisse la lire.

— Regardez, regardez. Le courrier est arrivé en retard, la vente est aujourd'hui.

— Aujourd'hui ?

Le délai était court, mais ce n'était pas forcément un problème.

— Ne vous inquiétez pas. Je peux gérer le magasin toute seule.

Ce ne serait pas inhabituel. En général, elle ne croisait Montgomery qu'à l'ouverture et lorsqu'il venait la relever. Le reste du temps, il faisait des courses à l'extérieur ou des livraisons. Enfin, c'est ce qu'elle pensait, puisqu'elle ne pouvait pas le suivre.

— Non, non, ça ne va pas être possible, dit Montgomery en fronçant ses épais sourcils. J'ai pris plein de rendez-vous aujourd'hui, plein de rendez-vous. Je vais faire des allers-retours dans l'arrière-boutique pour récupérer des commandes toute la journée. Je n'aurais pas le temps d'y aller. Impossible de décaler mes obligations ! Pas avec mes clients importants !

Montgomery termina son monologue et lança un regard plein d'espoir à Lex. Elle réalisa qu'il attendait quelque chose d'elle. C'était sa façon de lui demander si elle avait une solution.

Si elle voulait bien le représenter à la vente.

Lex déglutit. C'était une sacrée responsabilité.

— Voulez-vous que j'aille à la vente pour vous ?

Elle n'était pas certaine d'être emballée par l'idée, mais l'issue de cette conversation semblait inéluctable. Montgomery savait qu'elle ne pouvait résister à ses yeux remplis d'espoir.

— Ce serait merveilleux ! s'écria-t-il. Quelle bonne idée, Mademoiselle Blair ! Vous pourrez choisir des livres rares, s'il en reste, et les ramener avec vous.

— Vous en êtes sûr ? demanda Lex en se mordant la lèvre. Je n'ai jamais rien fait de tel.

— Vous connaissez les livres, Mademoiselle Blair.

Montgomery sourit. À côté de lui, sur le comptoir, se trouvait un exemplaire de *Auprès de moi toujours* qui attendait d'être rangé avec les autres pour être vendu.

— C'est amplement suffisant. J'ai confiance en votre jugement et en votre expertise. Vous avez appris beaucoup de choses très vite et vous faites du très bon travail. Tout ira bien, très bien.

Lex se sentit revigorée par la confiance qu'il lui accordait, sans vraiment savoir si c'était mérité. Mais peut-être que s'il commençait à lui faire plus confiance, il finirait par la laisser accéder à la pièce fermée du premier étage…

— Quand est-ce que ça commence ? demanda Lex en parcourant la lettre.

— Très bientôt, répondit Montgomery avec un claquement de langue. J'aurais aimé que nous ayons plus de temps pour nous préparer, mais c'est comme ça, c'est comme ça. Si vous partez maintenant, vous aurez juste assez de temps pour me rendre un petit service en chemin.

— Un service ? demanda Lex. De quoi avez-vous besoin ?

— J'ai une commande emballée et prête pour Mme Sanderson, dit Montgomery.

Il passa la main sous le comptoir et en sortit un paquet en velours noir maintenu par une ficelle. Il contenait visiblement deux livres.

— Il vous faudra passer devant chez elle pour quitter la ville. Vous n'aurez donc pas à faire de détour pour la livrer.

Lex faillit exploser de rire. À peine quinze minutes plus tôt, lors de leur conversation, Ian Blacksmythe lui avait conseillé d'aller voir Mme Sanderson. Maintenant elle avait une raison toute trouvée de s'y rendre. Apparemment, la chance était vraiment de son côté.

— J'y vais de ce pas, promit-elle en prenant la commande.

Cette fois-ci, elle n'avait aucune intention de regarder à l'intérieur pour voir de quel genre de livres il s'agissait. La dernière fois qu'elle avait fait ça, quelqu'un était mort. Lex n'était pas superstitieuse, mais elle préférait ne pas tenter le diable.

— C'est amusant. J'avais l'intention de m'entretenir avec elle. Combien de temps ma chance est-elle censée durer ?

Elle souriait même si elle n'en croyait pas un mot. Ce n'était qu'une vieille superstition de Montgomery qui venait d'une autre époque. Quand les gens n'avaient pas la médecine ou les sciences et qu'ils devaient s'en remettre à la chance pour expliquer les phénomènes autour d'eux. Un conte de bonne femme que Montgomery ne connaissait que grâce à son métier. Point barre.

— En général, ils fonctionnent trente jours, lui dit Montgomery avec un drôle de regard, malgré son sourire. Ils sont liés au cycle lunaire. Donc habituellement un mois.

— Oh, dit Lex en faisant rapidement le calcul dans sa tête. Alors c'est mon dernier jour de bonne fortune aujourd'hui.

Elle essaya de ne pas laisser cette information l'inquiéter et sortit de *La Curieuse Librairie* pour retourner sous l'écrasant soleil estival.

***

Lex dut faire une pause pour abriter ses yeux du soleil et enfila ses lunettes avant de se diriger vers la porte de Mme Sanderson. Lex ne savait pas si la vieille femme était originaire d'ici ou était l'une des nouvelles résidentes que Ian avait mentionnées. En tout cas, elle vivait dans l'une des rues tordues d'Incanton. Sa maison à colombages avait été construite sur les principes de l'architecture Tudor.

La façade blanche, les fenêtres tordues et les pierres apparentes de formes différentes lui rappelèrent *La Curieuse Librairie*. Elle se demanda si les bâtiments avaient le même âge. En tout cas, ils dataient de plusieurs générations.

Lex frappa à la porte en bois en essayant de ne pas laisser l'inquiétude l'envahir. Mme Sanderson avait toujours été glaciale envers elle et elle espérait ne pas revivre l'embarras de leur première rencontre. Visiblement, la vieille femme attendait de Montgomery un respect et une soumission sans faille. Et ce genre d'attitude ne venait pas naturellement à Lex.

— Oui ? demanda Mme Sanderson.

La vieille femme ouvrit la porte tout en regardant par-dessus sa monture en demi-lune l'objet qu'elle tenait dans ses mains. Lorsqu'elle leva les yeux et remarqua Lex, son visage prit une expression désapprobatrice.

— Oh. C'est vous.

— Montgomery m'a demandé de vous livrer votre commande.

Lex espérait que mentionner son patron apaiserait la femme et lui éviterait de se faire congédier. Elle tendit le paquet recouvert de velours, comme une offrande.

Mme Sanderson retira habilement ses lunettes et les rangea dans l'une des poches cachées de sa longue robe. Celle-ci était faite d'un tissu gris, austère, qui semblait presque rigide et infroissable. Le chemisier blanc à col roulé qu'elle portait en dessous lui donnait l'allure d'une institutrice.

— Monty vous l'a confié ? demanda-t-elle, douteuse. Vous n'avez pas regardé à l'intérieur, n'est-ce pas ?

— Non, Madame.

La marque de politesse lui était venue sans qu'elle ne s'en rende compte. Ça paraissait être la meilleure manière de s'adresser à Mme Sanderson.

— J'ai entendu dire que cela vous était déjà arrivé, dit la femme.

Elle récupéra les livres des mains de Lex et examina l'emballage sous toutes les coutures, comme pour vérifier ses dires. Elle avait un visage anguleux, presque intemporel. Même si Lex voyait qu'elle avait un certain âge, sa peau était encore lisse et tirée, aplatissant ses rides. Comme toujours, elle portait un rouge à lèvres d'une couleur excessivement éclatante.

— Croyez-moi, j'ai retenu la leçon, dit Lex avec ferveur.

Mme Sanderson lui lança un regard qui indiquait qu'elle ne la croyait pas du tout. Mais Lex insista et essaya de ne pas se dégonfler.

— Mme Sanderson, je me demandais si vous aviez une minute à m'accorder ? Je voulais vous poser quelques questions sur la ville. On m'a dit que vous étiez la référence locale.

La femme la fixa froidement un moment. La tête haute, elle toisait Lex de toute sa hauteur.

— À quel sujet ? demanda-t-elle, réticente.

Lex sentit que ce serait une mauvaise idée de mentionner directement son père. Elle ne savait pas pourquoi, mais elle avait un mauvais pressentiment. Elle préféra s'y fier.

— Je voudrais en savoir plus sur la librairie, dit-elle avec le plus d'innocence possible. Sur Montgomery et sur la ville en elle-même. Et d'autres choses.

— D'autres choses, murmura Mme Sanderson.

Lex sentit une boule dans son estomac. Pourquoi avait-elle ajouté cela ? Maintenant, elle avait l'air encore plus suspecte. Mais la vieille femme se pencha en avant et regarda dans la rue derrière Lex avant d'acquiescer. Ses cheveux gris rassemblés en un chignon au sommet de son crâne scintillèrent comme de l'argent sous les rayons du soleil.

— Très bien. Vous feriez mieux d'entrer alors.

Ce n'était pas vraiment une invitation, mais Mme Sanderson se retourna et commença à avancer dans le couloir. Lex n'eut pas d'autre choix que de la suivre. C'était l'occasion rêvée. Si elle voulait en savoir plus sur la disparition de son père et découvrir la vérité sur les bizarreries de Montgomery, c'était le moment. Mme Sanderson n'aimait pas perdre son temps. Si elle partait maintenant, elle n'aurait plus d'autres chances.

Lex prit une profonde inspiration, entra et referma la porte de la maison derrière elle.

CHAPITRE SEPT

Lex suivit Mme Sanderson dans sa maison. L'intérieur de celle-ci était aussi ancien que son extérieur. Les murs s'affaissaient comme s'ils étaient remplis d'eau et s'arquaient sous la pression. Lex dut se baisser pour éviter un bouquet d'herbes qui pendait du plafond. Il était enflammé et une douce fumée blanche s'en échappait.

— Ne faites pas attention à ça, dit sévèrement Mme Sanderson avant que Lex n'ait pu dire quoi que ce soit. C'est pour purifier les mauvaises énergies.

La maison était beaucoup plus accueillante que Lex ne l'aurait cru. Elles entrèrent dans une pièce assez confortable. L'espace était chaleureux, la moindre surface recouverte de souvenirs.

Mais d'un autre côté, elle reflétait bien le style de la vieille femme. On y trouvait des vieux meubles, des tissus épais et des objets qui semblaient dater du siècle précédent. Il y avait un mélange de cultures et de thématiques. Un âne en paille, sûrement un souvenir de vacances, partageait son étagère avec un masque tribal qui semblait authentique.

À côté, une lanterne de style gothique contenait une bougie. Celle-ci avait été à moitié brûlée et on pouvait voir la couche de cire rouge à l'intérieur. Sur le mur, plusieurs posters représentaient des symboles noirs sur fond blanc et des formes étranges que Lex n'avait jamais vus. Des diplômes encadrés venaient s'y ajouter, écrits en lettres gothiques impossibles à déchiffrer pour elle.

— Prenez-vous du thé ? demanda Mme Sanderson.

Elle la guidait dans le grand salon où se trouvait un canapé gris et un fauteuil assortit autour d'une table basse recouverte d'un napperon blanc.

— Euh, dit Lex légèrement surprise.

Elle resta un moment bouche bée, sans savoir quoi répondre. Du thé ? Elle qui croyait que Mme Sanderson allait la jeter dehors.

— Oui, merci. C'est très gentil.

Mme Sanderson acquiesça et lui indiqua le canapé d'un mouvement sec avant de quitter la pièce. Sûrement pour se rendre dans la cuisine. Lex obéit, s'assit et observa la pièce en attendant le retour de son hôte.

Il y avait des livres partout. C'était surprenant étant donné la discrétion de Mme Sanderson au magasin. Lex aurait plutôt imaginé que la femme les rangerait à l'abri. Mais ils étaient là, éparpillés au hasard sur les étagères et les meubles. Il n'y avait pas de lieu dédié aux livres dans cette maison. Les ouvrages étaient partout, posés n'importe où. Près d'un aquarium. Adossés à une boîte à cigares élégamment décorée. Il y avait même une chouette empaillée qui regardait fièrement la pièce depuis son étagère au-dessus de la télévision. Des livres étaient nichés de chaque côté de ses ailes.

Les titres étaient assez éclectiques. Lex pouvait voir des livres de recettes, des manuels de jardinage, des guides de couture sur la fabrication de robes, des carnets de voyage, des mémoires et des almanachs. La seule chose qu'ils avaient en commun était leur valeur. Ils avaient l'air tous très anciens et chers, et leur propreté était irréprochable. Il n'y avait pas un grain de poussière malgré les nombreuses surfaces et le défi que leur dépoussiérage devait représenter.

— Prenez-vous du sucre ou du lait ? demanda Mme Sanderson.

Lex sursauta. Son cœur tambourinait. La question qui la taraudait la rendait nerveuse. La vieille femme revenait dans la pièce avec un plateau dans les mains. Dessus, se trouvaient deux tasses en porcelaine sur de petites assiettes, une théière assortie d'où s'échappait de la vapeur, et un délicat sucrier en argent posé à côté d'une bouteille de lait. Elle posa le tout sur la table basse d'un mouvement fluide. Le poids ne semblait pas lui poser de problèmes malgré son âge.

— Deux sucres, s'il vous plaît, dit Lex.

Elle était gênée d'être invitée chez une femme qui ne la portait pas dans son cœur. C'était surréaliste.

Mme Sanderson prépara une tasse et lui tendit. Puis elle s'assit avec la sienne et commença immédiatement à la boire.

— Merci, murmura Lex.

Elle examina le motif floral peint à la main sur les rebords, des bourgeons de roses et de tulipes. La chaleur du thé traversait la porcelaine. Pour être franche, la journée était bien trop chaude pour boire du thé. Mais elle ne s'en était pas rendu compte jusqu'à maintenant, trop focalisée sur la politesse.

— Alors, dit Mme Sanderson, son regard perçant fixé sur elle. Que vouliez-vous me demander ?

— Eh bien…

Lex prit une profonde inspiration. La gorge serrée, elle arrivait à peine à parler. Il valait mieux commencer par un sujet moins important que son père.

— C'est à propos de La Curieuse Librairie. Je voulais en savoir plus sur elle et sur son histoire. Depuis combien de temps est-elle ouverte ?

— Pourquoi voulez-vous le savoir ? demanda Mme Sanderson.

Son ton n'était pas accusateur, cependant, il n'était pas non plus très amical.

Lex fit un léger sourire.

— C'est mon rêve. Ouvrir ma propre librairie. Et je me suis dit que ce serait une bonne idée d'en apprendre plus. Même avant l'époque de Montgomery...

— Non, l'interrompit Mme Sanderson, coupant court à son excuse. Pourquoi me le demander à moi ? Vous pourriez vous adresser directement à Montgomery.

Ah. La question fatidique. Lex savait qu'elle aurait dû prendre le temps de trouver une meilleure excuse. Mais elle n'en avait pas. En dehors du fait que Montgomery était la source de tous les mystères. De plus, il avait déjà refusé de lui parler de la pièce fermée et d'autres choses. Mais l'admettre n'allait pas l'aider.

— Je ne voulais pas paraître impolie, dit Lex qui remarqua immédiatement que son excuse sonnait creux. Et puis, je me suis dit qu'un regard extérieur me donnerait une nouvelle perspective.

Mme Sanderson prit une gorgée de son thé, puis une autre. Lex pensait qu'elle allait simplement lui dire de partir.

— Savez-vous à quelle date le magasin a été fondé ? lui demanda enfin la femme.

— Non, répondit Lex avant de se corriger. Enfin, j'ai trouvé un acte de propriété daté de cent ans. Je ne sais pas s'il existait avant.

Mme Sanderson acquiesça, mais ne confirma rien.

— Et Monty vous a-t-il parlé de son père ?

— Non, admit Lex. Non, je ne sais rien sur lui. C'est lui qui a ouvert la librairie ? Ou un de ses ancêtres ?

Mme Sanderson la regarda de nouveau très froidement.

— Monty ne vous a pas dit grand-chose, je me trompe ?

Lex commençait à comprendre qu'elle n'allait pas avoir beaucoup d'informations, voire pas du tout. La vieille femme semblait plus intéressée de découvrir ce qu'elle savait déjà que de lui répondre. Elle

38

souhaitait en apprendre davantage, mais c'était mal engagé. Il était peut-être temps d'aborder le sujet qui lui tenait vraiment à cœur. Mme Sanderson avait-elle entendu parler de son père ?

Une sonnerie stridente leur parvint d'une autre pièce de la maison, dans la même direction que la cuisine. Le son fit sursauter Lex, mais Mme Sanderson posa calmement sa tasse sur le plateau et se releva de son fauteuil.

— C'est mon téléphone, annonça-t-elle, comme si la sonnerie aurait pu venir d'ailleurs. Je me dois d'y répondre. Veuillez attendre ici.

Elle ne lui ordonna pas de ne toucher à rien, mais la consigne était plus que sous-entendue. Le regard impérieux qu'elle posa sur Lex avait pour but de la clouer sur son canapé. Elle quitta la pièce avec la même rigidité impériale qu'à l'accoutumée et laissa Lex seule.

Apparemment, elle allait devoir attendre pour avoir ses réponses. Un obstacle de plus dans sa quête pour connaître la vérité, exactement comme lors de la disparition de son père. Même la police n'avait pas pu retrouver sa trace. Lex ne voulait pas abandonner, mais elle était pressée. Elle vérifia sa montre et vit qu'elle avait toujours le temps de se rendre à la vente. Elle devait faire preuve d'encore un peu de patience. Son cœur battait la chamade à la simple idée de découvrir une partie de la vérité.

Lex gigota un moment, elle n'aimait pas devoir rester à sa place. L'adolescente rebelle qu'elle avait été voulait se lever pour observer la pièce. Peut-être même qu'elle toucherait autant de choses que possible pour montrer son mécontentement. Elle combattit un moment cette impulsion et prit une gorgée de thé. Celui-ci la fit grimacer et elle le reposa sur la table. Il faisait bien trop chaud pour ce genre de boisson.

Elle soupira et regarda autour d'elle pour examiner les objets qui étaient à portée de main. Il y avait un livre sur la table basse près du sofa. Sa couverture était en cuir noir et la tranche était craquée, tellement abimée qu'elle était à peine lisible. Lex se pencha et essaya de lire les enluminures dorées sur le devant. C'était un autre langage. Sûrement du latin, même si elle ne reconnaissait pas les mots. Juste à côté se trouvait un presse-papier en cristal, circulaire et blanc crémeux. L'intérieur était composé de motifs fissurés emprisonnés pour l'éternité.

Et tout près… Lex arrivait à peine à y croire. C'était le livre que Mme Boddyworth avait acheté à *La Curieuse Librairie* juste avant d'être tuée : *Gru Balit*. Celui qui selon Montgomery avait porté chance à Lex. Apparemment, Mme Sanderson avait son propre exemplaire. Elle était sur le point de tendre la main pour l'attraper lorsqu'elle entendit des pas sur le parquet près de la porte. Elle sursauta et reprit sa place avec culpabilité, faisant de son mieux pour paraître innocente.

Mais Lex n'avait pas besoin de s'inquiéter. La personne qui entra n'était pas du tout Mme Sanderson.

CHAPITRE HUIT

L'inconnu était un jeune homme qui avait à peu près le même âge que Lex. Sa chevelure noire était coiffée en arrière et tombait derrière ses oreilles. Il portait un costume noir immaculé, mais ses mocassins en velours et son col ouvert lui donnaient un air décontracté.

— Oh, salut, dit-il surpris de trouver quelqu'un dans la pièce. Qui êtes-vous ?

— Lex, répondit-elle avant de se racler la gorge et de déclarer plus formellement : Alexis Blair. Je travaille à La Curieuse Librairie et je suis venue déposer une commande.

— Et ma tante vous a laissé entrer.

Il haussa un sourcil et ajusta l'une de ses manchettes.

— Vous devez être quelqu'un de très spécial. Je suis Elijah Barnaby Sanderson.

Lex cligna des yeux. Alors c'était lui le neveu de Mme Sanderson ? Il était si… jeune. Et très séduisant. L'ensemble de son visage était anguleux, de sa mâchoire jusqu'à ses pommettes. Ses yeux gris ardoise contrastaient avec la pâleur de sa peau et ses cheveux noirs.

— Ravie de vous rencontrer Elijah, dit Lex.

Elle préféra se contenter d'une réponse bateau plutôt que de réfléchir à une réponse plus originale.

— Eli, s'il vous plaît, dit-il en s'approchant.

Il lui fit un geste vers sa main et Lex lui tendit avec perplexité. Avant qu'elle ne comprenne ce qui lui arrivait, il déposa un baiser sur le dos de sa main avant de la relâcher.

— Enchanté.

Il en faisait un peu trop non ? Mais bon, connaissant Mme Sanderson, elle aurait peut-être dû s'attendre à ce que son neveu soit aussi resté coincé au siècle précédent.

— Je ne savais pas que Mme Sanderson avait de la famille en ville, dit Lex qui avait enfin retrouvé sa voix. Je ne vous ai jamais croisé.

— Je viens juste de rentrer, répondit Eli en s'affalant sur le fauteuil que sa tante venait d'abandonner, l'air fier de lui. Je rends visite à des amis pour une convention.

41

— Vraiment ? demanda Lex plus par politesse que par réel intérêt. Quel est le thème ?

— Communiquer avec l'au-delà, lui répondit Eli de manière décontractée. Vous savez, réveiller les morts. Entrer en contact avec les esprits.

Lex le fixa. Ce devait être une plaisanterie. Mais non, il avait l'air tout ce qu'il y a de plus sérieux.

— Vous croyez dans ce genre de choses ? choisit-elle de demander.

Au moins il pouvait répondre ce qu'il voulait.

— Bien sûr, répondit Eli comme si c'était aussi évident que la couleur du ciel. Je suis occultiste.

Lex fit son maximum pour ne pas exploser de rire.

— Ah oui ?

— J'ai vu des choses, Alexis Blair, dit-il avec une étincelle dans les yeux.

Elle ne savait que penser. Plaisantait-il ou parlait-il vraiment de phénomènes surnaturels ?

— Des choses inexplicables. Une fois que vous aurez ouvert votre esprit, vous découvrirez que tout s'explique. Mais tout le monde n'est pas prêt à l'accepter.

Lex cacha son sourire en prenant une gorgée de thé. Sans ça, elle aurait été incapable de dissimuler ses pensées. Il avait l'air ridicule. Oui, il y avait une explication logique pour tout. Celles que les sciences et la raison donnaient. Pas l'occultisme.

— Vous le, euh…, Lex s'interrompit et chercha le bon mot. Pratiquez ? Le réveil des morts, ce dont vous avez parlé ?

— Moi ? Eli eut un petit rire. Bien sûr que non. Je n'ai pas assez de talent. Non, il faut de vraies compétences pour faire ce genre de choses. Si j'y arrivais, je n'assisterais pas aux conférences. J'en donnerais.

— Il n'y a pas beaucoup de gens qui abordent le sujet ? demanda innocemment Lex.

Eli avait une espèce d'arrogance innée. Elle n'était pas due à ses expériences ou à une surestimation de ses capacités. Mais plutôt à la certitude que s'il y avait une place spéciale à prendre, alors celle-ci lui revenait de droit. Naturellement, Lex avait envie de le défier.

— Juste quelques-uns, répondit Eli en jetant un regard mystérieux vers la cuisine. La plupart des très bons médiums n'aiment pas aborder le sujet. Mais bon, assez parlé de moi. Depuis combien de temps êtes-vous en ville, Alexis Blair ?

Il se pencha en avant, posa ses bras sur les accoudoirs et mit sa tête sur ses mains. Ce geste lui rappela Hécate quand ses yeux se focalisaient sur elle avec intensité.

— Environ un mois, répondit Lex. Je viens de déménager de Boston.

— Qu'est-ce qui vous amène ici ? demanda Eli.

Il lança un regard vers ses mains qui tenaient la tasse de thé.

— Vous devriez me laisser lire dans vos feuilles. Ou dans les lignes de vos mains. Je suis sûr qu'il y a un lien fort qui vous uni à cet endroit.

— Je suis juste venue pour travailler, répondit Lex en posant sa tasse.

Si elle ne la finissait pas, il ne pourrait peut-être pas la relancer sur les feuilles. La situation devenait gênante. Elle ne pouvait pas lui dire grand-chose sans paraître malpolie ou méprisante. Mais ils étaient chez lui, enfin chez sa tante.

— Que fais-tu dans mon fauteuil ? demanda Mme Sanderson en revenant dans la pièce.

Sa robe grise semblait léviter au-dessus des tapis qui recouvraient le sol et elle avait réussi à revenir de la cuisine dans un silence absolu.

Eli sursauta. Sa fausse décontraction était complètement oubliée. Il essayait de retrouver sa contenance en lissant le devant de son costume.

— Ma tante… Je croyais que vous étiez occupée.

— Eh bien je ne le suis plus, lui répondit sévèrement Mme Sanderson. Allez, oust. Mademoiselle Blair est mon invitée, pas la tienne.

Eli se racla la gorge, visiblement embarrassé de recevoir des ordres tel un enfant.

— Alexis. Ravi de vous avoir rencontré.

— De même, murmura Lex.

C'était un mensonge, elle n'aimait pas du tout ce genre de personnage.

— Alors, dit Mme Sanderson en reprenant sa place et sa tasse. Que vouliez-vous me demander d'autre ?

Lex inspira. C'était le moment ou jamais, et Mme Sanderson avait été assez claire. Elle ne dévoilerait rien de plus sur Montgomery. Il n'y avait plus qu'une chose à faire : demander.

— Avez-vous déjà rencontré ou entendu parler d'un homme nommé Alexander Blair ? demanda-t-elle la voix tremblante avant de changer d'avis. Il préférait Xander Blair.

Il y eut un fracas et Lex vit en levant les yeux que Mme Sanderson avait laissé tomber sa tasse dans la soucoupe et renversé un peu de thé. Le visage de la femme se renferma et des rides se formèrent sous ses cheveux gris. Ses yeux étaient devenus sombres et implacables.

— J'aurais dû remarquer le lien, dit-elle froidement. Blair. Évidemment. C'était il y a si longtemps, je n'y avais pas pensé. Je me relâche dans mes vieux jours.

Lex ne comprenait pas.

— Qu'y a-t-il ? demanda-t-elle. Qu'est-ce qui ne va pas ?

Elle avait l'impression que son cœur allait exploser hors de sa poitrine. Il battait fort et vite de peur, mais aussi d'espoir.

— Je vais devoir vous demander de quitter mon domicile, Mademoiselle Blair, dit Mme Sanderson.

Elle se leva de sa chaise avec élégance.

— Vous n'êtes plus la bienvenue ici.

— Mais, et mon père ? demanda Lex.

Elle n'allait pas partir sans se battre. Elle devait en apprendre plus. Cela faisait dix-sept ans qu'elle n'avait pas eu de piste sur sa disparition.

— Je n'aborderais plus ce sujet, lui dit la vieille femme. J'ai été très claire. *Allez-vous-en.*

— Mais…

La voix de Lex s'éteignit et elle tressaillit devant son regard accusateur. Cet ordre l'avait frappé de plein fouet. On aurait dit qu'une main invisible la forçait à se retourner et la jetait dehors.

Lex se leva rapidement et se ressaisit. Elle sortit par le même chemin, s'arrêta sur le seuil et pensa à se retourner pour demander à nouveau. Mais elle n'osa pas risquer la colère de Mme Sanderson. Elle continua à marcher, sortit de la maison et se dirigea vers la rue, où sa voiture l'attendait.

Ce n'est qu'une fois derrière le volant que Lex s'accorda un moment pour respirer et réfléchir à ce qu'il venait de se passer. Pourquoi Mme Sanderson avait-elle explosé de cette façon ? Elle était passée d'hôtesse courtoise, bien que réticente, à hostile en quelques secondes. Juste en entendant le nom du père de Lex.

Il n'y avait qu'une seule explication. Mme Sanderson avait quelque chose à voir avec le passé de son père. Elle connaissait forcément Xander Blair. C'était la seule explication à sa violente réaction. Peu importe ce qu'il s'était passé, cela n'avait visiblement pas été plaisant d'un côté comme de l'autre.

C'était tout de même un grand pas. Elle avait appris que son père était bien venu ici. Il avait des connaissances parmi les habitants. C'était comme s'il lui était revenu. Comme s'il était revenu à la vie, alors qu'il n'était plus qu'un lointain fantôme depuis des années. Xander Blair était venu à Incanton. L'espoir de le retrouver ressurgissait en Lex et menaçait de tout balayer.

Cependant, elle ne pouvait pas creuser cette piste tout de suite. D'abord, parce qu'elle n'osait pas affronter Mme Sanderson. Mais surtout parce qu'elle était de nouveau en retard. C'était la deuxième fois aujourd'hui, ce n'était pas sérieux. Lex attrapa ses clés et alluma le contact. Elle se concentra sur la route et sur sa mission.

Ses yeux captèrent tout de même un mouvement venant de la maison de Mme Sanderson. Elle tourna la tête pour vérifier. C'était Eli. Debout devant la fenêtre, il l'observait à travers la vitre. Il ne se cacha même pas et continua de l'étudier lorsque Lex croisa son regard. Eli mit la main dans sa poche sans rompre leur connexion et en sortit une boîte en métal. Avec sa bouche, il en sortit une cigarette qu'il garda coincée entre ses lèvres. Son regard resta fixé sur Lex jusqu'à ce qu'il baisse les yeux pour l'allumer. Elle profita de cette opportunité pour rompre le contact et diriger son regard vers la rue. Elle commença à avancer et laissa l'étrange maison derrière elle.

Lex ne pouvait pas se permettre de se laisser distraire maintenant. Pas alors que Montgomery lui avait confié une grande responsabilité. Pourtant, un léger doute persistait dans son esprit. Si Mme Sanderson l'informait de son comportement et demandait que Lex soit renvoyée, alors elle allait peut-être se réjouir de ne pas avoir refusé l'offre de Matt.

Était-elle « destinée » à être ici, comme l'avait dit Eli ? Le souci était que Lex ne croyait pas au destin. Mais elle croyait en ses capacités et au fait que sa présence à Incanton n'était due qu'à sa persévérance. Et si elle faisait encore un faux pas, la gentillesse de Montgomery ne suffirait pas pour la sauver.

CHAPITRE NEUF

Lex était tellement perdue dans ses pensées qu'elle faillit ne pas remarquer la silhouette familière qui marchait le long de la route menant hors de la ville. Elle était presque sortie des rues pavées d'Incanton lorsque la jupe rouge de Cassie apparut devant elle. Le temps qu'elle se rende compte qu'il s'agissait de son amie, Lex dut piler pour lui parler.

Elle se pencha et ouvrit manuellement la vitre de sa vieille voiture tandis qu'elle se garait près d'elle.

— Cassie ! Salut, tu fais quoi par ici ?

— Oh, Lex ! s'exclama Cassie en se penchant pour lui parler.

Elle posa une main recouverte d'un fin gant blanc sur le rebord de la fenêtre. On aurait vraiment dit qu'elle sortait tout droit d'une photo des années cinquante.

— Je suis en repos aujourd'hui. Ça fait tellement longtemps que ça n'est pas arrivé que je ne sais pas trop quoi faire de ma journée.

— Alors tu n'as rien de prévu ? demanda Lex.

— Non, je devais aller voir un spectacle, mais il a été annulé. Et bien sûr, j'ai oublié que Meghan venait pour s'occuper du café. Du coup, je me suis préparée, mais je n'ai, pour ainsi dire, nulle part où aller.

— Que dis-tu d'une vente de biens ? demanda Lex avec un sourire. Je dois m'y rendre pour Montgomery et voir si je trouve des livres rares pour la boutique. Tu es la bienvenue si tu veux m'accompagner.

Le visage de Cassie s'illumina.

— Génial ! s'exclama-t-elle en ouvrant la portière pour prendre place sur le siège passager. J'adore les antiquités. Je trouverais peut-être quelque chose pour le café.

Lex sourit et réalisa qu'elle avait visé juste. Sa supposée bonne chance avait encore frappée. Même si cette coïncidence pouvait aussi s'expliquer par le fait qu'elle vivait dans une très petite ville. Croiser l'une de ses connaissances sur la route n'était pas vraiment surprenant.

Mais Lex pouvait tout de même avoir de la chance. Elle pouvait se renseigner sur l'homme qu'elle venait de rencontrer et en parler avec une personne qui le connaissait.

— Il m'est arrivé un truc étrange ce matin, dit Lex. Montgomery m'a demandé de livrer une commande à Mme Sanderson.

— Mme Sanderson ?

Cassie n'avait pas l'air très surprise.

— A-t-elle été désagréable avec toi ? Elle peut être très… stricte.

— C'est un euphémisme, soupira Lex. J'ai rencontré son neveu, Eli.

— Oh, il n'est pas fréquentable, répondit immédiatement Cassie. Il a essayé de te draguer ?

Lex réfléchit.

— Peut-être. Il m'a proposé de lire les lignes de ma main.

— Beurk. Crois-en mon expérience, ne le fais pas. Tu ferais mieux de rester loin de lui. Il attire les ennuis.

— Vraiment ? demanda Lex. Il est dangereux ou quoi ?

Cassie fit un geste vague que Lex vit du coin de l'œil.

— Quelque chose dans ce genre-là Je ne connais pas les détails. Ce ne sont que des rumeurs et des on-dit. Tu sais comment c'est en ville... Les gens aiment parler. Mais je sais que ce n'est pas un mec bien. Il traîne avec des gens peu fréquentables. Je les ai vus se balader ensemble dans sa voiture.

Lex nota cette information dans un coin de sa tête : rester loin d'Eli Sanderson. Ça ne devrait pas être trop difficile. Il ne l'avait pas beaucoup impressionné pendant le peu de temps qu'ils avaient passé ensemble.

Elle essaya de se reconcentrer sur sa mission. Elle pourrait s'inquiéter de la réaction de Mme Sanderson plus tard. Il y avait plus urgent : gérer sa première succession. Elle devait réussir à impressionner Montgomery pour qu'il soit de meilleure humeur lorsqu'il lui parlerait de Mme Sanderson.

***

De près, Lex pouvait deviner que le manoir avait connu des jours meilleurs. Du lierre poussait librement sur l'une des façades. Il était tellement grand et lourd qu'il allait finir par déloger les briques. Il manquait des tuiles en ardoises sur certaines parties du toit. Notamment sur l'une des tourelles de l'aile ouest qui tombait en ruine.

— Sacré patrimoine, murmura Cassie en regardant par la fenêtre de la voiture. Il doit valoir une fortune.

— Vu l'entretien, je me demande à quoi ressemblaient les comptes du propriétaire, dit Lex.

Elle se mordit la lèvre. S'il ne pouvait même pas réparer le toit avant sa mort, avait-il seulement encore des livres rares en sa possession ? Sa collection aurait été la première chose à vendre pour récupérer de l'argent.

— Il n'y a qu'un moyen de le savoir, suggéra Cassie. Enfin… Si nous ne sommes pas en retard.

Cassie avait raison, se dit Lex en sortant de la voiture. Elle vérifia sa montre et vit qu'elles étaient arrivées à l'heure malgré tous les détours. Lex avait appuyé sur le champignon et réussi à rattraper son retard sur la longue ligne droite depuis Incanton. Pourtant, l'allée qui menait à l'entrée était remplie de voitures, et les gens continuaient d'affluer.

La compétition allait être rude pour ce qui était disponible à l'intérieur. Une nouvelle raison pour Lex d'avoir peur de décevoir Montgomery.

— Mon Dieu, on pourrait tourner un film d'horreur ici, dit Cassie les yeux écarquillés. Je ne serais même pas surprise si le Scooby-Gang débarquait pour enquêter sur des fantômes.

Cette image fit sourire Lex. Cassie avait raison, elle avait l'impression de regarder l'abbaye de Northanger à travers les yeux de Catherine Marland. Ou encore la tristement célèbre Maison sur la Colline. Enfin, si on faisait abstraction de toutes les voitures garées devant qui donnaient plutôt l'impression qu'une fête était organisée. Les visiteurs s'avançaient dans leurs tenues modernes, ce qui rendait l'ensemble encore plus impressionnant.

— Bonjour.

Un homme en costume gris qui se tenait devant la porte surprit Lex. À cause du contraste entre le soleil et l'intérieur de la maison, elle ne l'avait pas remarqué.

— Bienvenue à la vente du domaine du Rocher aux Corbeaux.

— Oh, dit Lex avec un regard hésitant vers Cassie. Merci.

— Tout ce que vous voyez ici est à vendre. Cela inclut le manoir et le terrain.

L'homme, un gentleman d'un certain âge, avait le visage et les traits fins avec une moustache soignée. Il récitait visiblement un discours qu'il avait déjà tenu maintes et maintes fois.

— Le défunt propriétaire, M. Smith, était un collectionneur. En raison du très grand volume d'objets disponibles, rien n'a été estimé. Vous pouvez apporter ce qui vous intéresse à l'accueil et faire votre meilleure offre.

— Compris, dit Lex.

Son inquiétude revenait de plus belle. Elle n'avait jamais été à une vente, et celle-ci paraissait impressionnante. Dans l'ombre, près de la porte, une grande table de jardin était installée. Autour, se trouvaient des hommes et des femmes en costumes gris, et Lex en conclut que c'était l'accueil.

— Merci, dit Cassie.

Elle lança un sourire à la personne qui les avait accueillis et prit le bras de Lex avec compassion. Puis elles traversèrent le hall pour entrer dans la maison.

— Cet endroit est immense, murmura Lex en se penchant vers Cassie pour que personne ne l'entende.

— Ne t'inquiète pas, lui répondit-elle sur le même ton. J'ai déjà été dans ce genre de vente. Je te montrerais comment faire.

— Merci, murmura Lex avec gratitude.

Elle était contente que Cassie ait remarqué sa nervosité et l'aide à se calmer. Pour le moment, la journée avait bien commencé. Elle espérait juste que cela ne changerait pas.

Elles arrivèrent dans une grande pièce qui avait dû autrefois servir de salle à manger. Lex s'arrêta net et Cassie fit de même. La pièce n'était plus meublée pour recevoir, elle était désormais remplie de tables anciennes. Celles-ci étaient alignées le long des murs et recouvertes de toutes sortes d'objets. L'une des tables exposait une collection de montres à gousset mises en valeur comme chez un joaillier professionnel. Des petites, des grosses, en argent, avec des boîtiers en bois. Toutes posées les unes à côté des autres dans une vitrine.

La table suivante était remplie d'éditions du journal local remontant jusqu'aux années quarante. Des petites étiquettes plastifiées avaient été posées au-dessus et près des piles pour indiquer leurs années. Sur l'autre table, la dernière avant d'atteindre l'autre côté de la pièce, se trouvait un éventail impressionnant de ceintures pour hommes.

Chacune des boucles était sculptée différemment. Des têtes de tigres, des requins, des aigles, ou des mots épelés en diamant. Toutes avaient une décoration neuve et criarde.

— M. Smith n'était pas un collectionneur, dit Lex, horrifiée, après s'être assurée que les deux hommes qui chinaient près d'elles ne pouvaient l'entendre. Il était atteint de syllogomanie.

— On dirait que chaque table a un thème, répondit Cassie sur le même ton. Regarde celle de l'autre côté. Ce ne sont que des boîtes remplies de vinyles.

Lex poussa un long soupir.

— Il va falloir fouiner pour trouver quelque chose d'intéressant.

— Tu n'as pas tort, répondit Cassie.

Elle toucha un ange en porcelaine produit à la chaîne et sans aucune valeur. Il était placé dans un ensemble de figurines similaires.

— Si ça se trouve, il y a trois cents pièces qui valent un dollar et une pièce qui vaut trois cents dollars. Il faut être un spécialiste pour les différencier.

Pendant un moment, Lex se sentit profondément désemparée, mais elle redressa les épaules.

— Alors c'est une bonne chose que je sois une experte en livres, dit-elle à la fois pour elle-même et pour Cassie.

Elle n'était pas entièrement convaincue d'être une experte dans le genre de livres qui plaisaient à Montgomery. Il ne l'avait jamais laissé entrer dans la pièce verrouillée pour voir ses livres rares. Cette pensée ne l'aidait pas à garder confiance.

— Je ferais mieux de trouver sur quelle table ils sont.

Cassie acquiesça et se détourna des anges.

— Je te suis, sauf si je trouve une pépite sur le chemin. N'oublie pas : si tu vois un objet qui te plait, prends-le. Tu pourras l'apporter à l'accueil plus tard. C'est premier arrivé, premier servi. Si tu le laisses et que tu continues, il ne sera peut-être plus là à ton retour.

— Compris, répondit Lex.

Elles sortirent de la salle à manger et passèrent par un boudoir capitonné qui semblait tout droit sorti des années vingt. Ici, les objets avaient été entreposés sur des commodes, des étagères et des bureaux. La décoration rendait ces empilements de bazars encore plus incongrus.

Cassie poussa un cri et fonça droit devant. Lex la suivit et vit rapidement ce qui l'avait attiré. Une table remplie de verres. Ils étaient tous impeccables et brillaient dans la lumière de la lucarne située en haut du mur.

— Regarde, s'exclama Cassie.

Elle en attrapa un et le leva pour l'observer de plus près à la lumière.

— C'est quoi ? demanda Lex.

Elle était complètement dépassée et ne connaissait rien aux verres.

— Des véritables verres de *diner* des années cinquante, dit Cassie en le retournant pour lui montrer le logo. Tu vois ? Ce sont des vrais. Je suis obligé d'en récupérer pour *Déjà Bu* !

— Et tu as vu la collection de tasses ? demanda Lex.

Elle lui indiqua un large bureau quelques mètres plus loin. Cassie fit un bruit qui ressemblait fortement à un couinement. Une étincelle s'alluma dans ses yeux.

— Il va me falloir un sac ou quelque chose d'autre.

— J'ai des cartons dans le coffre de la voiture, Tu peux aller les chercher si tu veux, lui dit Lex en lui tendant les clés.

Cassie acquiesça et prit le trousseau.

— D'accord. On se retrouve à la voiture, si on ne se recroise pas avant.

Lex quitta la pièce à contrecœur. Elle aurait préféré avoir son acolyte près d'elle pour se sentir moins gênée. Il y avait d'autres hommes et femmes qui arpentaient la maison. La plupart étaient d'âge moyen et portaient des vêtements chics. Lex commençait à se sentir mal à l'aise. Elle ne savait pas du tout ce qu'elle faisait, ni où se trouvait la table remplie de livres. Même si Lex la trouvait, elle ne savait absolument pas si elle y trouverait quoi que ce soit d'utile. À en juger par le contenu de la maison, c'était surtout beaucoup de bazar. Des objets très spécifiques qui n'intéressaient que des personnes aux besoins très précis, comme Cassie.

Lex arriva dans une autre pièce où les placards et les tiroirs des commodes débordaient de vêtements de tous les styles et de toutes les tailles. Encore une pièce que Cassie allait adorer, mais Lex commençait à perdre espoir. Elle allait sûrement devoir rentrer bredouille et expliquer à Montgomery qu'il n'y avait pas eu beaucoup de choix. Et que la réputation de collectionneur de M. Smith, le propriétaire du manoir du Rocher aux corbeaux, était infondée. Il conservait tout ce qui lui passait sous le nez, sans réfléchir ou trier.

Lex traversa un petit couloir. Il était recouvert d'une épaisse moquette au motif complexe, très abîmée à certains endroits. Le couloir menait vers une porte grande ouverte. Dans l'encadrement, Lex aperçut des formes familières. Des piles de livres, partiellement cachées par un couple qui se tenait sur le pas de la porte. Ils avaient l'air d'observer quelque chose.

Ils s'en allèrent au moment où Lex arriva et elle put enfin voir l'intérieur de la pièce. Pour la deuxième fois depuis son arrivée à la vente, elle s'arrêta net.

Dans la pièce devant elle se trouvaient ce qui devait être des centaines de milliers de livres. Empilés les uns sur les autres, ils formaient de gigantesques tours qui remplissaient la pièce.

CHAPITRE DIX

Lex resta un instant figée à observer et à s'imprégner de l'endroit. Elle n'arrivait pas à se décider. Était-ce un chef-d'œuvre de voir autant de livres dans une seule pièce ou un désastre de les voir dans un tel état, empilés les uns sur les autres. Comment allait-elle réussir à en attraper un si elle trouvait un titre intéressant ? Elle avait l'impression que quelqu'un avait créé un immense jeu de mikado pour les visiteurs. Mais cela risquait fort de tourner en partie dominos au vu de l'écart entre les piles.

Lex se dirigea machinalement vers la première tour, comme attirée par le magnétisme des livres. Elle inspira profondément l'odeur des livres anciens, légèrement humide. C'était une odeur familière. Un souvenir ancré en elle depuis son enfance, lorsqu'elle aidait son père à travailler. Maintenant qu'elle était employée à *La Curieuse Librairie*, elle ne pouvait s'empêcher de penser que cette odeur aurait toujours pour elle une connotation particulière. Celle d'un endroit réconfortant, de confiance, où elle avait toute sa place.

Parcourant les exemplaires, Lex était presque submergée par les informations qu'elle récoltait. Elle connaissait certains titres et auteurs, d'autres non. Il y avait des illustrations et des photos sur les tranches, en bon état ou parfois craquées. Mais même si elle arrivait à peu près à voir le thème de chacun des livres, elle comprit rapidement qu'ils n'avaient pas de valeurs particulières. C'étaient des exemplaires génériques et non pas des livres rares. Montgomery pouvait facilement se procurer la même chose.

Lex sentit la déception l'envahir. Est-ce que toutes les immenses piles étaient comme ça ? Remplies de bazar comme le reste du manoir ? Il devait bien y avoir quelque chose de valeur quelque part. Quelque chose à ramener à Montgomery, rien qu'un livre ou deux. Elle ne voulait pas qu'il la prenne pour une ignorante. Elle ne pouvait pas revenir les mains vides, ni rapporter n'importe quoi.

Lex s'approcha de la pile suivante et commença à observer les tranches. Vers le centre, quelque chose attira son regard. Un exemplaire sur les Beatles, un peu usé, mais pas trop abimé. Le titre écrit en gras sur un fond orange s'était un peu effacé. Ce n'était peut-être rien, mais bon, ça pouvait être une bonne surprise.

Il n'y avait qu'une façon de le savoir.

Lex se mordit la lèvre de concentration et toucha la pile. Elle tangua légèrement, mais resta stable. La personne qui avait empilé ces livres avait fait du bon travail et s'était assurée qu'ils étaient de la même taille et faisaient le même poids. Ils étaient parfaitement alignés. La tour pouvait supporter un peu de mouvement. C'était une bonne nouvelle car Lex n'était pas connue pour sa dextérité. Son ex-petit-ami Colin n'arrêtait pas de lui dire qu'elle était maladroite.

Lex retint sa respiration tandis qu'elle tirait légèrement sur le livre qui l'intéressait en prenant soin de maintenir les exemplaires posés au-dessus. Ils bougèrent un peu, mais elle réussit à dégager un coin du livre sur les Beatles. On pouvait maintenant voir un morceau de la couverture.

Lex inspira profondément. Elle allait devoir aller au bout maintenant. Impossible de laisser la pile comme ça aussi instable. Elle n'avait qu'à rester calme et tout se passerait bien.

Lex refit le même geste encore et encore par à-coup : tenir la pile au-dessus avec la paume de sa main et tirer doucement le livre. Petit à petit, il vint à elle. Puis la pile commença à pencher à cause du déséquilibre créé. Lex comprit que c'était le moment de vérité et elle tira d'un coup sec pour le sortir en entier.

Les livres du dessus retombèrent sur la pile en dessous. Ils tanguaient et se balançaient en prenant leurs nouvelles positions. Lex retint son souffle et garda les mains levées, mais il ne se passa rien. Il y avait maintenant un léger décalage dans la pile. Elle essaya de la redresser du mieux qu'elle put pour que l'ensemble reste stable.

Maintenant qu'elle pouvait de nouveau respirer, Lex regarda le livre qu'elle avait réussi à récupérer. Le cœur battant, elle vit qu'elle avait bien fait. C'était une édition limitée sur le début de carrière des Beatles. Le genre d'objets qui rendait fou les fans. Il serait sûrement revendu à un bon prix dans la boutique. Lex le glissa dans le carton à ses pieds et le ramassa, ne pouvant s'empêcher de sourire. Elle avait réussi. C'était déjà une bonne trouvaille à ramener.

Lex s'apprêtait à passer à la pile suivante avec un peu plus d'optimisme lorsqu'un homme la frôla. Il faillit la pousser dans la tour qu'elle avait si durement stabilisée. Elle dut lutter pour retrouver son équilibre et éviter de tout faire tomber. Une fois stable, elle lui lança un regard assassin en se demandant pourquoi il avait été aussi malpoli.

Lex pouvait maintenant voir qu'il était plus âgé qu'elle. Les quelques cheveux qu'il lui restait étaient plaqués sur son crâne pour former une mèche ridicule. L'homme cherchait quelque chose parmi les livres. Il passait tellement vite d'une pile à l'autre qu'il lui était impossible de lire tous les titres. Petit et trapu, habillé d'une simple chemise blanche et d'un pantalon noir, il semblait tout juste sortir du bureau et devait avoir laissé sa veste dans la voiture. Il ne l'avait pas salué et ne s'était même pas excusé d'avoir failli la faire tomber.

Lex reprit son souffle, en colère. Elle aurait bien voulu lui dire le fond de sa pensée, mais cela ne servait à rien de se donner en spectacle. Et puis ce n'était même pas sûr qu'il la remarque. Que cherchait-il exactement ? Lex commença à réfléchir. Peut-être qu'il y avait quelque chose de très rare et de très important dans ce fouillis. Un livre qu'un collectionneur voudrait rapidement récupérer.

Lex décida de faire preuve d'un peu de stratégie et se dirigea rapidement de l'autre côté de la pièce, vers la zone que l'homme n'avait pas encore examinée. Si elle remarquait un livre qui avait l'air rare, alors elle pourrait le récupérer en premier et le ramener au magasin. Et ce serait bien fait pour lui.

Que cherchait-il ? C'était forcément quelque chose de visible. Il devait connaître la couleur de la tranche, la forme du texte ou une caractéristique importante. Cela voulait dire qu'il n'avait pas besoin de perdre trop de temps pour le trouver. Lex avait un train de retard, mais elle ne baisserait pas les bras. Elle essaya de se concentrer, cherchant un livre qui lui sauterait aux yeux. Un livre ancien, mais en bon état.

Elle scannait de haut en bas les piles situées derrière la porte et cherchait quelque chose d'intéressant lorsqu'un mouvement capta son attention. Quelqu'un venait d'entrer dans la pièce et se faufilait entre les tours de livres. Il portait un costume noir qui lui paraissait familier.

Lex cligna des yeux et regarda de nouveau. La personne s'était déplacée sur le côté, derrière une tour qui lui bouchait la vue. Momentanément distraite, elle contourna les livres qu'elle regardait pour mieux le voir. Et il l'observait.

C'était Eli.

L'avait-il suivi jusqu'ici ?

Lex s'approcha de lui pour lui demander les raisons de sa présence. Elle avait le sentiment qu'il était ici pour de mauvaises raisons. Elle ne savait pas exactement quoi, mais il y avait quelque chose d'inquiétant dans son expression lorsque leurs regards s'étaient croisés. Il n'avait pas du tout l'air surpris de la voir.

Mais elle n'en eut pas l'occasion. Alors qu'elle tournait autour de la pile, l'homme malpoli la frôla de nouveau et cogna son coude. Le pied levé et prête à avancer, Lex n'avait plus aucun équilibre. Elle essaya de se stabiliser, mais elle ne réussit qu'à se prendre dans ses propres pieds. Lex tomba en avant et sentit avec horreur l'impact entre son carton et une immense pile de livres qui commencèrent immédiatement à tomber.

Elle n'eut même pas le temps de pousser un cri ou de s'agripper à quoi que ce soit. Les livres pleuvaient comme des missiles. Tout ce qu'elle pouvait faire, c'était observer l'un des livres tomber sur la tour voisine. Celle-ci commença aussi à s'écrouler.

CHAPITRE ONZE

C'était un cauchemar. Une avalanche. Les livres tombaient les uns après les autres, comme des dominos. Chaque pile entraînait la suivante dans sa chute. Lex avait raison. Elles avaient été placées trop proches, dans un équilibre précaire. Mais le savoir ne la réconfortait pas.

Elle était figée sur place et observait la destruction. Tout cela à cause d'elle. Un son près de la porte attira son attention. Elle fut désemparée de voir quelques autres clients accourir rapidement pour voir ce qu'il se passait. L'un d'eux éclata de rire et les autres se joignirent à lui devant le spectacle. La pièce n'était plus qu'un océan de livres.

Et Lex se tenait en plein milieu, là où l'on pouvait facilement deviner l'épicentre de ce chaos. Il n'y avait plus que deux tours debout, toutes deux derrière elle, hors de portée des autres.

L'homme grossier qui l'avait bousculé à deux reprises était devant elle. Il était couvert de livres de poche. Au moins, ils étaient plus légers que les gros volumes qui auraient pu lui faire vraiment mal. Elle allait s'approcher de lui pour l'aider à se relever, mais il commençait déjà à bougonner. L'homme se débrouilla seul et repoussa les livres loin de son corps.

Il y eut des cris dans le couloir. Lex tourna la tête et vit l'un des hommes en costume gris approcher derrière les têtes des visiteurs rassemblés devant la porte. Lex n'arrivait pas vraiment à déchiffrer ses paroles à cause de l'écho du couloir vide, mais il avait l'air furieux. Il valait sûrement mieux ne pas traîner ici et être tenue pour responsable.

Lex commença à chercher une issue à ce bazar. Elle grimaça en cherchant où poser ses pieds sans marcher sur l'un des livres. Ce n'était pas facile, la majorité du sol était recouverte et l'antique parquet avait disparu sous une marée de livres de tailles, de formes et de couleurs différentes.

— Mais que s'est-il passé ici ?

Lex pouvait entendre le superviseur de la vente se frayer un chemin à travers les gens agglutinés devant l'entrée. Il regarda un instant puis poussa un cri d'horreur et de colère. Elle allait se faire réprimander, elle le sentait venir.

C'est en voulant poser son pied qu'elle le vit. Un livre blanc placé pile à l'endroit où elle allait marcher. Mais alors qu'elle cherchait un autre passage, son attention fut de nouveau attirée sur sa couverture et le symbole qui était dessiné dessus.

L'extérieur était en cuir, du cuir blanc, ce qui était assez inhabituel. Il avait l'air craqué et poli à certains endroits. Un signe visible de son âge. Il n'y avait pas d'écriture en anglais sur l'avant, mais il était couvert de symboles. Une bordure dorée le long de la couverture était enluminée et remplie d'arabesques, de diagrammes et de ce qui ressemblait à d'anciens symboles et runes. Derrière les motifs se trouvaient des branches ou des épines. Quelque chose fit s'arrêter Lex et, sans réfléchir, elle tendit la main, l'attrapa et l'ajouta à son carton.

Elle remarqua en le déposant qu'un troisième livre était tombé dans la boîte au moment de l'avalanche. Elle était tellement perturbée qu'elle n'avait même pas remarqué le poids supplémentaire. C'était un livre sur la botanique qui semblait dater des années vingt à en juger par la couverture et le papier. Elle le laissa là. Peut-être que Jack serait intéressé et l'achèterait.

Lex atteignit difficilement l'autre porte et vit Cassie la regarder avec inquiétude. Elle regarda de nouveau la pièce et vit qu'Eli avait disparu. Les livres étaient assez éparpillés pour affirmer qu'il n'y avait personne de caché dessous. Alors où était-il passé ? C'était comme s'il s'était évaporé et était sorti de la pièce avant que les livres ne commencent à tomber. Mais elle l'avait vu.

— Quel est l'idiot qui a empilé ces livres ?

Le cri venait de l'homme malpoli qui avait poussé Lex. Il s'adressait au superviseur de la vente. Lex se mordit la lèvre. Apparemment, elle n'allait pas se faire remonter les bretelles. Pas tant que le superviseur serait distrait.

— Que s'est-il passé ? demanda Cassie.

Elle attrapa le bras de Lex pour l'aider à enjamber les livres sur le pas de la porte.

— Tu vas bien ?

Lex fit quelques pas et se retourna avant de répondre.

— Les livres étaient empilés comme des tours et tout s'est effondré, dit-elle doucement. Tu as trouvé ce que tu voulais ?

— Ouais, dit Cassie radieuse en suivant Lex qui se dirigeait rapidement vers la sortie. J'ai déjà mis ma boîte dans la voiture pour ne pas avoir à la trimballer. Tu ne t'es pas fait mal ?

— Non, ça va, dit Lex, même si en y réfléchissant, son bras lui faisait un peu mal à l'endroit où l'homme l'avait percuté. Il y avait un homme à l'intérieur qui cherchait un livre. Il ne regardait pas où il allait et il m'a percuté.

— Alors ce n'est pas de ta faute, affirma Cassie. Regarde, il n'y a pas de queue pour le moment. On n'a qu'à payer et s'en aller.

Lex se dirigea vers l'accueil et posa son carton devant une femme. Elle était restée en arrière pour gérer le comptoir pendant que son collègue s'occupait du problème.

— Juste ça, s'il vous plaît, dit-elle en jetant un regard par-dessus son épaule pour vérifier qu'il n'arrivait pas.

— Combien proposez-vous ? demanda la femme. Pour le tout.

— Je ne sais pas… dit Lex en cherchant une réponse rapide. Dix dollars ?

La femme en costume gris lui lança un regard.

— Vous voyez bien qu'ils sont très anciens. On ne peut pas les laisser à ce prix.

Elle fit une longue pause et les jaugea du regard.

— Quarante pour le tout.

Lex feignit un soupir de soulagement et lui tendit l'argent.

— Merci, dit-elle.

Elle espérait que l'agent la trouve nulle en négociation. Le livre des Beatles valait déjà à lui seul plus que ça. Donc c'était une bonne affaire qu'elle n'allait pas contredire.

— Voilà votre reçu, dit la femme.

Elle nota tout sur un calepin au papier bleu pour faire une copie carbone, et prit tellement son temps que Lex commençait à désespérer. Elle arracha pratiquement la facture des mains de la femme mais préféra profiter de l'attente pour réorganiser ses livres. Lex mit celui sur les Beatles au-dessus pour que l'ensemble soit plus facile à porter.

— Que se passe-t-il ? demanda Cassie.

Elle regardait en direction de l'endroit où elles étaient entrées. Lex entendit à son tour quelqu'un crier, d'un ton enragé.

Toutes deux retournèrent vers l'entrée principale malgré l'intuition de Lex qui lui disait qu'il était temps de partir. Il fut facile de trouver la source de ce vacarme. Le superviseur avait une conversation animée avec l'homme qui avait percuté Lex. Il était maintenant écarlate et essayait de se redresser pour paraître plus grand tandis qu'il hurlait.

— Je suis venu ici spécialement pour ce livre ! cria-t-il.

Les cheveux fins au-dessus de sa tête bougeaient légèrement et suivaient le mouvement de son corps qui se balançait lorsqu'il criait.

— J'ai fait beaucoup de route, vous ne pouvez pas m'empêcher de l'acheter.

— La pièce est trop dangereuse, insista l'agent en faisant un pas en arrière.

Il avait lui-même l'air furieux, ses sourcils étaient froncés et ses bras croisés sur son torse.

— Je n'autoriserais personne à entrer avant que nous ayons tout ramassé et dégagé le sol.

— Savez-vous seulement à quel point c'est *important* ? J'ai besoin de ce livre ! C'est mon livre !

L'homme grossier agitait frénétiquement ses bras dans tous les sens.

— Rien ici ne vous appartient tant que vous ne l'avez pas acheté, dit l'agent avec une pointe d'arrogance.

— On devrait y aller, dit Lex sans écouter le reste de la réponse de l'agent.

Elle en avait vu assez.

— Ça va mal finir, approuva Cassie en tournant la tête vers la porte du fond.

Lex parvint presque à l'atteindre sans incident... Enfin, jusqu'au tout dernier moment. Elle plissait les yeux face au soleil extérieur tandis que quelqu'un entrait. La personne fonça droit dans sa caisse de livre et faillit la faire tomber.

— Oh !

L'homme qui lui était rentré dedans s'arrêta net. Il se tenait la poitrine et regardait Lex avec stupeur. Il était charmant, impeccablement habillé d'un costume gris. Lex supposa qu'il devait avoir une dizaine d'années de plus qu'elle. De charmantes pattes d'oie encadraient ses yeux et son beau sourire.

— Mon Dieu. Pardonnez-moi. Il fait très sombre à l'intérieur, non ?

— Et c'est très lumineux dehors, acquiesça Lex avec un petit rire. C'est en partie de ma faute.

— Vous êtes gentille, dit l'homme.

À en juger par son accent, il devait être anglais. Et sûrement de la haute société.

— Je vois que vous avez acheté des livres. Celui-là vaut une petite fortune ! Il y a un bon choix à l'intérieur ?

— Une ou deux perles dans le tas, répondit Lex avec un sourire innocent. Ils ne laissent personne entrer pour le moment, il y a eu un incident.

— C'est mauvais signe, dit l'anglais avec une grimace. Ah, tant pis. Je ferais ce que je peux. J'ai entendu dire que c'était un collectionneur de livres rares alors je pensais faire quelques trouvailles.

— Nous aussi.

Lex riait malgré la culpabilité qu'elle ressentait. Après tout, l'incident était en partie de sa faute.

— Alors bonne chance.

— Merci.

Ils passèrent l'un à côté de l'autre pour reprendre leur chemin initial. Une fois éloignée, Cassie se tourna vers Lex avec un regard moqueur.

— Il en aura sûrement besoin, dit-elle.

Lex sourit. Le soulagement l'envahit à l'idée de quitter cet endroit et tout le grabuge qu'elle avait provoqué.

— On pourrait presque croire que j'ai saboté la vente pour mes concurrents.

Cassie éclata de rire.

— C'est vrai que ça y ressemble, dit-elle tandis qu'elles grimpaient dans la voiture. Montgomery va adorer cette histoire !

— Oh que non, l'avertit Lex, horrifiée rien que d'y songer. Il ne va pas du tout en entendre parler.

Cassie rit pour lui faire comprendre que c'était une plaisanterie. Lex sortit la voiture de la propriété et reprit la route, soulagée de retourner vers Incanton indemne. Pourtant, elle ne pouvait s'empêcher de penser que cette quiétude ne durerait pas longtemps. Après le bazar à la vente, les probables plaintes de Mme Sanderson sur sa conduite, et le fait qu'elle n'ait réussi qu'à récupérer seulement trois livres, Lex allait sûrement se faire remonter les bretelles comme jamais.

CHAPITRE DOUZE

Lex lâcha presque son carton en entrant dans l'étroit couloir de La Curieuse Librairie. Son parquet ondulé lui rappelait toujours la houle de la mer. Hécate se tenait devant elle, blottie contre l'arche qui menait à la salle de navigation où étaient rangés les classiques mal-aimés. Le chat arqua son dos et lui cracha dessus. Lex se figea momentanément de surprise. Elle avait déjà redouté son retour, mais désormais, son cœur tambourinait devant cette réaction inattendue.

— C'est vous, Mademoiselle Blair ? appela Montgomery depuis la pièce principale. J'ai cru vous apercevoir par la fenêtre.

Lex baissa de nouveau les yeux, mais le chat était parti. Sûrement pour se cacher quelque part entre les livres. Elle haussa les épaules et continua d'avancer en direction de la voix de son patron.

— C'est moi ! répondit-elle. Je n'ai pas réussi à récupérer grand-chose, mais il y avait quelques titres.

— Voyons voir, voyons voir ! la pressa Montgomery.

Il tapait impatiemment le comptoir tandis que Lex se dépêchait de poser la boîte.

— Qu'avons-nous là ?

Lex sortit les trois livres et les posa devant lui avant de mettre le carton par terre.

— Il y a eu un petit souci à la vente. Tous les livres sont tombés donc ils ont interdit l'accès et plus personne ne pouvait entrer. Et il y avait beaucoup de titres qui ne valaient pas grand-chose. Mais j'ai réussi à récupérer ces trois-là.

— Oh, vous vous êtes surpassée, Mademoiselle Blair ! s'exclama Montgomery, visiblement satisfait. Ces deux-là se vendront bien. Mais alors celui-là ! Celui-là !

Il tenait le livre en cuir blanc et l'examinait avec beaucoup d'excitation. Il passa ses mains sur la couverture pour sentir les déchirures puis ouvrit les premières pages et les examina de près. Son visage resplendissait.

— Il est rare ? demanda Lex.

Elle ne savait pas quel genre de livre c'était. Elle ne l'avait même pas ouvert pour lire le titre dans sa hâte de quitter les lieux du désastre.

— Rare ? répéta Montgomery en riant. Bien plus que ça ! Et en si bon état. Vous vous en êtes très bien sortie, très bien sortie, Mademoiselle Blair. Si nous trouvons le bon acheteur, ce qui ne fait aucun doute, nous pourrons en tirer une petite fortune. Mais comment diable avez-vous fait une telle découverte ?

— Oh, je ne sais pas, dit Lex, légèrement alarmée. Vous êtes sûr qu'il a beaucoup de valeur ? Je l'ai eu pour presque rien. Il était dans une pile de livres et je l'ai trouvé intéressant.

— Vos instincts sont très bons, dit Montgomery avec enthousiasme. Avec un peu plus d'entrainement, vous serez capable de dénicher de vraies affaires là où je vous enverrais. Les agents de vente ne devaient avoir aucune idée de ce qu'ils avaient entre les mains. Je l'ai immédiatement reconnu. C'est quelque chose de très spécial. Vraiment très spécial.

Lex sentait une vague de fierté déferler en elle. Avait-elle réellement aussi bien réussi sa mission ? Elle ne s'attendait pas à récupérer une telle pièce. Surtout après la fermeture de la salle. C'était peut-être l'instinct, comme l'avait dit Montgomery. Grandir entourée de livres avait dû avoir un impact sur sa capacité à trouver des pépites.

Lex s'apprêtait à demander à Montgomery s'il voulait qu'elle range les nouveaux livres, mais elle fut distraite par une silhouette noire dans son champ de vision. Lex se tourna et vit Hécate traverser la pièce et bondir sur le comptoir en un seul saut. Le genre d'acrobatie incroyable que seuls les chats arrivaient à réaliser.

Cependant, lorsqu'Hécate atterrit près du livre blanc et le vit, elle rebondit avec une rapidité qui la fit presque tomber. Montgomery sursauta et Lex tendit les mains par réflexe pour rattraper le félin. Hécate laissa des traces de griffes sur le bois vernis tandis qu'elle luttait pour garder l'équilibre, continuant de cracher en direction du livre. Une fois stabilisée, elle se replia dans le coin du comptoir qui touchait le mur et continua à fixer le livre.

— Elle va bien ? demanda Lex avec inquiétude.

Elle n'avait jamais vu le chat se comporter d'une telle façon. D'habitude, Hécate était silencieuse et gracieuse. Elle se faufilait dans l'ombre et s'endormait où bon lui semblait. Souvent, le mouvement de sa queue était la seule indication de sa présence.

— Mon Dieu, dit Montgomery qui regardait aussi son animal.

Il avait l'air complètement abasourdi, ses yeux écarquillés derrière ses lunettes.

— Je ne l'ai jamais vu aussi agitée. Je ferais mieux de ranger ça immédiatement.

— Vous pensez qu'elle réagit au livre ? demanda Lex, surprise.

On aurait dit qu'Hécate était effrayée par quelque chose. Mais bon, ce n'était qu'un chat. Ce n'était pas inhabituel pour cette espèce d'avoir peur de quelque chose simplement à cause de sa nouveauté. Peut-être qu'elle n'avait jamais vu une couverture blanche auparavant. La réaction de Lex aurait été de rire et de réconforter le chat. Mais Montgomery accordait beaucoup trop d'importance au confort d'Hécate pour cela. Après tout, il lui avait ordonné de ne jamais la déplacer même lorsqu'elle était allongée sur la caisse.

— Je ne peux pas le laisser ici, si elle pense qu'il est aussi important, murmura Montgomery presque pour lui-même.

Il l'attrapa et commença à sortir la clé qui ouvrait l'arrière-boutique de la chaîne autour de son cou.

— Attendez ici, Mademoiselle Blair. Vous pouvez mettre les deux autres sur les étagères.

Lex soupira. Elle avait eu l'espoir d'être enfin autorisée à visiter la pièce du haut. Surtout que c'était elle qui avait déniché le livre. Mais elle était de nouveau reléguée au rez-de-chaussée.

Et cette histoire de livre blanc était étrange, non ? Montgomery avait toujours dit que seuls les livres de grande valeur étaient rangés là-haut. C'est pour cela qu'il insistait autant sur la sécurité. Grâce à une porte métallique verrouillée dont la seule clé se trouvait autour de son cou en permanence et à l'interdiction formelle pour quiconque d'entrer.

Mais si cela était vrai, alors ce livre rare sur les Beatles devrait être amené à l'étage avec les autres. Certains livres qu'il avait rangés là-haut avaient moins de valeur. Surtout connaissant la cupidité de certains fans. Perplexe, Lex installa doucement l'escabeau, grimpa et commença à ranger les nouveaux livres avec les autres. Elle leur trouva une place juste à gauche du comptoir.

Lorsqu'elle redescendit, Hécate était joyeusement installée sur le comptoir comme s'il ne s'était rien passé. Elle léchait délicatement l'une de ses pattes avec sa petite langue rose. Montgomery revint au même moment. Il observa les livres dans leur nouvel emplacement et hocha la tête d'approbation.

— Bien, je vais immédiatement me mettre en quête d'un acheteur, dit-il. Cela prendra sûrement un peu de temps pour trouver le bon collectionneur. Celui qui sera prêt à payer un bon prix. Mais je suis confiant. Je vais trouver quelqu'un qui le voudra. Et lorsque je l'aurais vendu, je ferais en sorte que vous touchiez une belle commission. Magnifique travail, mademoiselle Blair, magnifique travail.

— Oh. Merci, dit Lex, surprise.

Elle ne savait même pas ce qu'il valait lorsqu'elle l'avait ramassé. Pour elle, il ressemblait juste au genre de livre que Montgomery appréciait et elle l'avait attrapé sur un coup de tête. Et maintenant, elle allait toucher une commission dessus ? Quelle chance !

Non pas qu'elle croit en ce genre de choses.

__ Vous savez quoi ? Je suis de très bonne humeur, Mademoiselle Blair, dit Montgomery en joignant ses mains sur son ventre. Un si bon travail mérite d'être récompensé. Et pas seulement plus tard, au moment de la vente. Vous avez eu une matinée éprouvante avec l'aller-retour. Je vous libère pour le reste de la journée.

— Vous êtes sûr ? demanda Lex, abasourdie. Et vos rendez-vous ?

— Oh, ne vous inquiétez pas pour moi, dit Montgomery en riant. Je peux m'occuper de mes rendez-vous et garder un œil sur la boutique en même temps. Ce n'est pas comme si j'avais besoin de sortir. Mais vous l'avez mérité. Vous avez droit à un peu de temps pour vous détendre.

— Waouh, dit Lex.

Elle avait peine à croire que sa journée se déroule aussi bien. Un grand sourire apparut sur son visage.

— Merci. Je vais rentrer alors.

— Oh, juste avant que vous ne partiez, dit Montgomery en perdant légèrement son sourire. Avez-vous euh… parlé à Mme Sanderson tout à l'heure ?

Lex grogna intérieurement. Ça allait barder. Elle aurait dû se douter que les choses ne pouvaient pas tourner en sa faveur pour toujours.

— Oui, ce matin lorsque j'ai déposé sa commande, dit-elle. Elle m'a invité à prendre une tasse de thé avant de repartir.

Montgomery pencha légèrement la tête comme si le fait que Mme Sanderson l'ait invité était aberrant. Elle ne lui en voulait pas de ne pas la croire totalement. Après tout, ce n'était pas toute la vérité. Elle avait demandé à parler à la femme, l'invitation n'était pas spontanée.

— Elle ne m'a pas donné de détails, mais elle a appelé pour exiger que je sois le seul à lui faire des livraisons à l'avenir, dit-il.

Il semblait presque désolé, comme s'il lui annonçait une mauvaise nouvelle.

— Et nos rendez-vous auront désormais lieu uniquement chez elle.

— Oh...

Lex en perdait ses mots. Elle s'était doutée qu'il se passerait quelque chose, mais maintenant qu'elle devait y faire face, elle se sentait gênée. Comment était-elle censée expliquer à Montgomery ce qu'il s'était passé alors qu'elle ne le comprenait pas elle-même entièrement.

— Savez-vous ce qui aurait pu causer une telle réaction ? demanda Montgomery d'un ton interrogatif.

— Je suis désolé, répondit Lex après une rapide réflexion. Je n'en ai aucune idée. Tout allait bien lorsque nous avons discuté. Elle n'a pas dû aimer que ce soit moi qui la livre. Je pense qu'elle tient à sa discrétion.

Il n'y avait aucune raison de parler de son père. Pas après la réaction de Mme Sanderson. Si Xander Blair était venu ici et avait eu des problèmes, alors peut-être que Montgomery en avait aussi entendu parler. Lex ne voulait pas qu'il réagisse de la même façon et qu'il lui demande de démissionner. Elle ne pouvait pas mettre son travail en danger. Pas après l'avoir déjà perdu une première fois. Lex ne supporterait pas de partir alors qu'elle se sentait vraiment chez elle ici.

— Ce doit être ça, dit Montgomery.

Il essaya de sourire, mais Lex pouvait encore voir le doute dans son expression. Elle espérait juste qu'il n'en reparle pas à Mme Sanderson. Sinon, il découvrirait son mensonge.

— Je vous dis à demain, lança Lex avec un sourire avant de se diriger rapidement hors du magasin pour éviter qu'il ne la rappelle et ne lui pose plus de questions.

Lex ne put s'empêcher de repenser une nouvelle fois à Matt Lang et à son offre d'emploi. En aurait-elle besoin ? Elle pouvait seulement espérer que Montgomery prendrait son explication pour argent comptant et s'arrêterait là. Elle ne voulait pas subir l'humiliation de quitter un endroit qu'elle avait appris à aimer, mais aussi celle de donner raison à sa mère.

Lex ne savait pas exactement quoi faire de son après-midi. La dernière fois qu'elle avait eu du temps libre en semaine, elle avait dû se battre pour récupérer son travail. À ce moment-là, son temps avait été bien occupé. Maintenant, son premier instinct était de contacter ses amis. Cependant, elle avait déjà passé la matinée entière avec Cassie. Lex ne voulait pas s'imposer, même si son amie avait toujours été accueillante.

Ses pensées s'égarèrent vers Noah. La petite voix dans sa tête insinuait qu'il y avait plus que de l'amitié entre eux et Lex tenta de l'ignorer. Elle lui envoya un message, lui demandant ce qu'il faisait, et retint son souffle en attendant la réponse.

CHAPITRE TREIZE

Lex lut la réponse de Noah avec excitation.

Je fais de nouvelles observations des mares résiduelles !

Montgomery m'a donné mon après-midi. Je ne sais pas quoi faire ! lui répondit Lex, sans oser espérer qu'il l'inviterait à le rejoindre.

Tu veux me rejoindre aux mares ? Un peu de compagnie me ferait du bien !

Lex sourit. Elle avait l'impression d'être une adolescente énamourée et de jouer au chat et à la souris pour essayer de deviner s'il l'aimait bien. Et surtout s'il pouvait se passer quelque chose entre eux. En y repensant, elle n'avait jamais demandé à Noah s'il voyait quelqu'un. Elle avait supposé qu'il était célibataire, car il ne parlait jamais d'une éventuelle petite amie. Mais c'était peut-être un sujet qu'ils devraient aborder. Le genre de sujet qui pouvait être un bon début.

Lex se sermonna, elle ne devait pas trop s'emballer pour l'instant. Ils ne se connaissaient que depuis un mois.

Il n'y avait qu'un bout de chemin à parcourir avant d'arriver à la plage. Mais après quelques minutes de marche, Lex fronça les sourcils. Elle n'avait pas son sac à main. Il était resté dans le coffre de sa voiture lorsqu'elle s'était garée devant *La Curieuse Librairie*. Lex pensait que ses clés de maison et de voiture étaient dans sa poche, mais elle ne sentait pas leur poids contre sa jambe. Après avoir vérifié chacune de ses poches, Lex commença à paniquer.

Mais où étaient ses clés ?

Un éclair de génie la frappa. Elle se souvint distinctement les avoir posées à l'intérieur du carton de livres en sortant de la voiture pour avoir les mains libres. Puis elle avait déposé le carton au sol dans la librairie et l'avait poussé sur le côté afin de montrer les livres à Montgomery. Ses clés devaient encore se trouver à l'intérieur.

Lex allait devoir retourner les chercher, pas le choix. Elle serait en retard pour voir Noah et risquait de rater ses observations. Il devrait retourner seul au laboratoire et elle serait de nouveau livrée à elle-même. Comment avait-elle pu être aussi négligente ? Non seulement, elle ne pouvait pas rentrer dans son appartement sans ses clés, mais elle ne pouvait pas non plus accéder à sa voiture.

Cette déconvenue s'ajouta au fait que Lex avait été extrêmement maladroite plus tôt dans la journée lorsqu'elle avait fait tomber tous ces livres. Le temps d'arriver à *La Curieuse Librairie*, Lex était de mauvaise humeur. Que pouvait-elle saboter d'autres dans sa vie avant la fin de la journée ?

Elle s'arrêta la main sur la poignée. Elle était sur le point d'entrer comme à son habitude, mais quelque chose avait attiré son attention. Le son d'une voix rauque. Elle écouta un instant et l'entendit de nouveau. Un homme criait, la voix serrée et emplie de colère. L'inquiétude s'empara d'elle pour la sécurité de Montgomery et celle du magasin. Lex poussa la porte et se précipita à l'intérieur pour voir ce qu'il se passait.

Elle suivit le son des voix jusqu'à la pièce principale du magasin et trouva la source des cris. Un homme écarlate et dégoulinant de sueur se tenait près du comptoir et hurlait sur Montgomery. Il se dressait malgré sa petite taille et agitait un doigt accusateur tout en criant au sujet d'un livre.

En jetant un œil aux alentours, Lex vit deux autres clients debout dans la pièce. Ils étaient tous deux tournés, comme s'ils avaient été interrompus dans leur shopping. Elle les ignora et essaya de comprendre ce qu'il se passait.

— Je ne vois pas de quoi vous voulez parler, disait Montgomery d'un ton calme, mais légèrement tremblant.

— Vous avez envoyé cette maudite fille pour récupérer le livre sous mon nez ! cria l'homme en postillonnant partout. Je le sais !

Lex le reconnut, autant par ses cris que par son apparence. C'était l'homme grossier qui l'avait poussé lors de la vente et avait déséquilibré toutes les piles de livres. Il était aussi bruyant et rouge que ce matin.

— Évidemment que j'ai envoyé mon employée à la vente, lui dit Montgomery.

Il essayait visiblement de l'apaiser. Ses yeux bougèrent et il remarqua Lex bien qu'il ne fît aucune indication pour signaler sa présence. Il voulait peut-être lui éviter d'être impliquée.

— Nous savons tous les deux que M. Smith était un collectionneur de toutes sortes de choses, dont des livres. Ce n'est que du bon sens que de vouloir vérifier ce qui était disponible. Mais je n'ai demandé aucun

69

titre en particulier. Et je n'étais certainement pas au courant que vous étiez à la recherche de celui-là.

— Je ne le cherchais pas, j'essayais de récupérer mon bien, cracha l'homme. C'est le mien. *Mon* livre ! Et vous l'avez volé !

Montgomery soupira, il avait l'air au bord de l'exaspération.

— Comment ce livre peut-il vous appartenir si nous l'avons acheté dans les règles, dans les règles Jeffrey ? Ce que vous dites n'a pas de sens.

Jeffrey frappa d'une main sur le comptoir faisant sursauter Lex et les clients. Elle s'avança, déterminée à intervenir. C'était gentil de la part de Montgomery de ne pas vouloir la mêler à cette affaire. Mais elle ne pouvait pas rester les bras ballants tandis qu'il se faisait attaquer pour ses propres actions. Même si elle n'avait rien fait de mal. De toute façon, elle ne pouvait pas rentrer chez elle sans ses clés, alors que pouvait-elle faire d'autres ?

— Ça suffit, dit-elle avec assez d'autorité pour que Jeffrey se tourne et la regarde.

Dès qu'il la vit, Lex se rendit compte qu'elle avait fait une grosse erreur… Il avait l'air plus en colère que jamais.

— Vous ! hurla-t-il. C'est vous qui avez volé mon livre !

Lex secoua la tête en se décalant près du comptoir pour faire front avec Montgomery.

— Je n'ai rien volé. Je l'ai acheté à la vente du manoir, comme vous l'a dit Montgomery. Dans les règles.

— Il n'était pas censé être en vente, dit Jeffrey.

On aurait dit qu'il était fatigué de devoir s'expliquer. Ou alors il s'attendait à ce que ses interlocuteurs comprennent toute l'histoire comme par magie.

— Il était à moi !

Cette histoire n'était pas prête d'avancer tant que Jeffrey ne se calmait pas. Lex inspira et posa ses mains à plat sur le comptoir. Elle voulait rester calme et raisonnable.

— Pourquoi ne pas commencer par le début.

— Très bonne idée, Mademoiselle Blair, très bonne idée, dit rapidement Montgomery. Nous avons besoin de comprendre ce qu'il se passe au juste.

— Vous le *savez*… commença Jeffrey.

Mais Montgomery leva la main pour l'arrêter.

— Commençons par faire les présentations. Mademoiselle Blair, je crois que vous ne connaissez pas Jeffrey Schreck. Il tient une librairie d'occasion sur la côte de Marshfield.

— Je suis sûr que vous avez entendu parler de moi, ricana Jeffrey. Vous avez dû lui parler de votre plus grand rival.

Lex cligna des yeux.

— Je n'ai jamais entendu parler de vous.

Montgomery se racla la gorge, visiblement gêné.

— Elle a bien raison, bien raison. Je n'ai jamais parlé de vous, Jeffrey.

Vu la façon dont il se tenait, Lex commençait à avoir de sérieux doutes sur la qualité de « rival » de Jeffrey. Il n'était visiblement pas assez important pour que Montgomery en parle. De plus, son patron se contentait de l'appeler par son prénom et il était beaucoup trop poli pour faire cela avec les personnes qu'il considérait comme supérieur ou égal à lui. Jeffrey semblait être le genre d'hommes qui avait une bien trop haute estime de lui-même.

— C'est ça oui, continuez de mentir, railla Jeffrey.

Il se tourna vers les clients derrière lui pour trouver du soutien. L'un d'eux prit cela comme un signe et déguerpit en laissant la pile de livres qu'il comptait acheter près de la porte. C'en était trop, il leur coûtait déjà des ventes.

— Tout cela pour dire que le livre m'appartient de droit.

— Qu'est-ce qui vous fait dire ça ? demanda Lex. Il était à vendre avec tous les autres.

— Je le *sais*, éclata Jeffrey. C'est pour cela que je le cherchais. Il n'était pas censé être à vendre. Je l'ai dit au superviseur et il m'a royalement ignoré. J'ai dû essayer de le trouver par moi-même.

Lex sentait sa patience s'échapper. Jeffrey était apparemment trop enragé pour s'expliquer correctement.

— Mais *pourquoi* n'aurait-il pas dû être en vente ? demanda-t-elle en essayant d'appuyer assez sur le « pourquoi » afin d'avoir enfin une réponse.

— C'était censé être un cadeau, répondit Jeffrey. M. Smith a promis de me l'offrir avant sa mort.

— Vous voulez dire qu'il vous l'a légué dans son testament ? dit Lex.

— Non ! explosa Jeffrey, toujours exaspéré. Il ne savait pas qu'il allait mourir ! Il m'a invité à venir chez lui ce weekend pour récupérer le livre. Évidemment, il est décédé avant ma visite, le pauvre homme. Mais quand je leur ai dit, ils ont refusé d'honorer son souhait. Ils ont insisté et m'ont dit que je devais me rendre à la vente comme tout le monde pour l'acheter.

— Donc vous admettez avoir été informé que le livre ne vous revenait pas de droit, dit Lex.

Elle n'allait pas prendre de pincettes avec cet homme. Au regard de son comportement jusqu'ici, il n'avait pas mérité sa compréhension.

— Attendez un moment, dit Montgomery en levant les mains. Jeffrey vous dites que M. Smith vous a promis de vous offrir ce livre ?

— C'est ça, insista Jeffrey.

— Hmm.

Montgomery réfléchit un moment. Ses doigts remontant vers son nœud papillon pour le redresser.

— Une promesse n'est pas quelque chose à prendre à la légère, c'est évident. Mais en cet instant, je dois admettre que malheureusement nous n'avons que votre parole. Puisque M. Smith n'est plus de ce monde, plus de ce monde. Quel livre recherchez-vous ?

Jeffrey se redressa de toute sa hauteur et leva le menton.

— Vous le savez. Il a une couverture blanche enluminée de dorures.

Lex sursauta involontairement. C'était le livre qui avait provoqué une forte réaction chez Hécate. Celui que Montgomery avait immédiatement enfermé au premier étage pour plus de sécurité. Le chat avait-il su qu'il y aurait un conflit ? Non, c'était ridicule.

— Alors je me dois de ne pas le vendre tant que l'affaire ne sera pas réglée, jura solennellement Montgomery. Mais puisqu'il a été acheté dans les règles par mon employée, je ne vois pas pourquoi vous auriez des droits dessus pour le moment. Sauf bien sûr si vous pouvez apporter la preuve qu'il était censé vous revenir.

— Très bien, éclata Jeffrey.

Il lissa le devant de sa veste avec vigueur. Un geste qui était clairement supposé montrer qu'il acceptait le défi.

— Je vais aller chercher ma preuve et je reviendrai. Vous serez obligé de me donner le livre en la voyant !

Sur ce, il fit demi-tour et sortit en trombe du magasin, les laissant dans un silence incrédule.

— Quel bazar, murmura Montgomery.

Il avait l'air assez secoué. S'il n'avait pas été son patron et qu'il avait été un peu moins coincé, Lex lui aurait fait un câlin.

— Quel bazar, quel bazar.
Elle ne put s'empêcher d'être d'accord avec lui.

CHAPITRE QUATORZE

Après toutes les péripéties de la journée, Lex était épuisée. Elle ne récupéra ses clés qu'à la fin de la journée lorsqu'elle quitta Montgomery. Pour s'assurer que Jeffrey Schreck ne reviendrait pas l'embêter, elle avait attendu qu'il ferme le magasin avant de partir. Une fois à la maison, elle était trop fatiguée pour faire quoi que ce soit. Après un rapide dîner, Lex se mit au lit et lut un peu avant d'éteindre les lumières. Elle avait tout de même réussi à envoyer un message à Noah depuis la librairie pour lui expliquer les raisons de son absence. Sa réponse était gentille et il n'avait pas du tout l'air déçu, ce qui avait amplifié la mauvaise humeur de Lex.

C'était peut-être à cause du conte d'Haruki Murakami que Montgomery lui avait conseillé et qui parlait des messages et du monde secret cachés dans les rêves. Ou alors c'était dû à toutes les choses étranges qui lui arrivaient dernièrement. Mais peu importe la raison, Lex tomba non seulement dans un profond sommeil, mais fit aussi un rêve complètement improbable. Dans celui-ci, deux des protagonistes se connaissaient sans qu'elle ne comprenne comment c'était possible.

— *Mademoiselle Blair, éclata Mme Sanderson.*

Elle s'approchait de Lex en faisant glisser une grande règle en bois sur la table et la passa juste devant ses doigts.

— *Concentrez-vous. C'est une salle de classe, pas un dortoir.*

— *Quoi ? murmura Lex.*

Sa voix était plus aiguë que dans son souvenir. Elle baissa les yeux et se rendit compte qu'elle portait un uniforme d'écolière. Et qu'elle était beaucoup plus petite. Oh oui, ça lui revenait. Elle avait de nouveau douze ans et elle rêvassait en classe.

— *Désolée, Mme Sanderson.*

— *C'est cela, la gronda la vieille femme. Vous faites bien d'être désolée. Et vous allez l'être encore plus.*

Lex s'enfonça dans sa chaise face à cette menace à peine voilée, inquiète pour sa sécurité. Elle s'agrippa aux rebords de la table, comme s'ils pouvaient l'aider.

— *Reprenons notre leçon, poursuivit Mme Sanderson.*

Elle indiqua le tableau noir. Il était recouvert de ce qui ressemblait à des gribouillages et écritures dans une langue que Lex ne reconnaissait pas. L'alphabet en lui-même était complètement différent. Comment était-elle censée lire tout ça ? La vieille femme ouvrit la bouche et commença à parler tout en montrant différentes parties du tableau. Elle regardait Lex, comme pour lui expliquer la leçon. Mais Lex ne comprenait pas un seul des mots qu'elle prononçait. Ce n'était que du charabia, des sons étranges, des clics et des mots qu'elle n'avait jamais entendus auparavant.

— Je... Je suis désolée, dit Lex. Je ne comprends pas.

Mme Sanderson s'interrompit et tapa du pied, frustrée.

— Bien sûr que vous ne comprenez pas, stupide enfant. Si vous n'écoutez pas, comment comptez-vous apprendre ? Je vais en parler à votre père ! Xander !

La vieille femme cria d'une voix terrible et stridente qui transperça Lex entièrement.

— Oui ?

Xander Blair ouvrit la porte de la salle de classe et observa la pièce rapidement. Il était exactement comme dans les souvenirs de Lex. Un homme grand et barbu, habillé d'un jean bleu et d'une chemise ouverte par-dessus un t-shirt portant le logo d'un groupe.

— Votre fille ne comprend pas un mot de la leçon !

Mme Sanderson fit la moue en jetant un morceau de craie sur le bord du tableau. Puis elle croisa les bras sur sa poitrine.

— Vous feriez mieux de la punir, ou je vous change en citrouille.

Lex se réveilla en sursaut, assise dans son lit. Elle se remémora l'endroit et l'année où elle se trouvait et se rallongea, plus détendue. Quel drôle de rêve. Elle ne souhaitait à personne d'avoir Mme Sanderson comme professeur.

Mais c'était étrange non ? Elle connaissait Xander Blair. Elle le connaissait assez bien pour que cela provoque une réaction violente à la mention de son nom. Lex n'arrivait même pas à imaginer comment ils s'étaient rencontrés. Si son père était un touriste, ou même de passage, il aurait facilement croisé les propriétaires des magasins. Mais ni Montgomery, ni Ian ne semblaient le connaître. Alors pourquoi était-ce le cas de Mme Sanderson, une vieille femme banale qui vivait en ville.

Qu'est-ce qui les avait rapprochés ?

Lex enfonça sa tête dans son oreiller, souhaitant plus que tout avoir la réponse. Mais elle savait qu'elle n'allait rien découvrir en restant éveillée toute la nuit et en ratant le travail de demain.

***

Le téléphone de Lex sonna le lendemain matin alors qu'elle partait de chez elle. Elle s'arrêta sur le pas de la porte. Le numéro lui était inconnu, mais il indiquait un interlocuteur local. Elle répondit avec une légère inquiétude.

— Allô ? dit-elle.

Elle espérait de tout cœur que ce ne soit pas Jeffrey Schreck qui cherchait à la harceler pour avoir le livre.

— Ah, Mademoiselle Blair.

La voix familière de Montgomery lui parvint de l'autre bout du fil.

Lex était confuse. Elle aurait juré avoir déjà enregistré le numéro du magasin.

— Je suis content de vous avoir. Je voulais juste vous informer que je serais un peu en retard, juste un peu.

— Oh, dit Lex en vérifiant sa montre.

Elle avait tout juste le temps de passer chez *Déjà Bu* avant de se diriger vers *La Curieuse Librairie* pour l'ouverture. Mais si le magasin était encore fermé, alors elle n'avait peut-être pas besoin de se presser.

— Je suis encore chez moi, chez moi, dit Montgomery.

Cela expliquait le numéro inconnu. Bizarrement, Lex n'avait jamais vraiment réfléchi à la maison de Montgomery. Elle avait toujours pensé qu'il restait à la boutique comme s'il faisait partie des meubles.

— Je dois faire une course et j'arriverai juste après. Mais j'aimerais que vous fassiez l'ouverture sans moi.

— Je peux faire ça ? demanda Lex. Je veux dire… je n'ai pas la clé.

— Je vais vous confier un secret, Mademoiselle Blair. Un secret que vous devrez emporter dans votre tombe et ne jamais répéter, dit Montgomery avant de faire une pause théâtrale. Il y a une clé de secours pour la porte principale cachée dans le pot de fleurs à gauche de la porte arrière. La plante est en réalité posée dans un second pot secret. Si vous la soulevez, vous trouverez la clé entre les deux pots. Faites bien attention à ce que personne ne vous observe lorsque vous la récupérerez.

— Compris, dit Lex.

Un sourire apparut sur ses lèvres. Elle était ravie qu'il lui fasse confiance même s'il était très discret sur le sujet.

— Je vais ouvrir et tout préparer pour la journée.

— Merci, merci, dit Montgomery avec gratitude. J'arrive dès que je peux.

Lex raccrocha et partit cette fois-ci pour de bon, avec un peu plus d'entrain dans sa démarche. Si Montgomery lui donnait plus de responsabilités, cela voulait dire qu'il lui faisait un peu plus confiance. Ses craintes concernant l'appel de Mme Sanderson avaient été infondées. La vie de Lex roulait parfaitement et c'était un autre pas dans la bonne direction.

Cela lui donnerait peut-être même la motivation nécessaire pour commencer à enquêter un peu plus sur la disparition de son père. Après le travail, bien entendu.

Lex se dirigea vers *La Curieuse Librairie* en se répétant les instructions de Montgomery. Elle ne voulait pas se tromper, espérant pouvoir récupérer la clé rapidement avant que quelqu'un ne la remarque et ne se pose des questions.

Mais tandis qu'elle apercevait le magasin au bout de la rue, elle fronça les sourcils. Quelque chose clochait.

La porte d'entrée était ouverte.

Montgomery ne pouvait pas être déjà arrivé. Il était censé être en retard, et de toute façon il ne laissait jamais la porte ouverte. Personne ne le faisait. Tous leurs clients fermaient instinctivement la porte derrière eux. Mais c'était bien le cas. La porte était assez entrouverte pour que Lex distingue l'intérieur du magasin en s'approchant.

Elle accéléra le pas, et courut presque jusqu'à la porte qu'elle ouvrit entièrement. Elle s'arrêta devant et écouta attentivement. Y avait-il encore quelqu'un à l'intérieur ? N'entendant rien, elle se faufila dans la pièce principale, puis dans les trois autres pièces du rez-de-chaussée une à une, à la recherche d'un cambrioleur.

De ce qu'elle pouvait voir, tout allait bien. Aucun des livres n'avait été déplacé, la caisse était silencieuse et fermée, et il n'y avait aucun signe de présence nulle part. Elle retourna dans la pièce principale et regarda autour d'elle, pensive.

Puis elle devina. Quelqu'un était entré par effraction pour aller dans la salle au premier étage.

Elle se précipita derrière le comptoir et monta les marches en bois deux par deux. Elle observa rapidement la confortable salle d'attente dès qu'elle l'atteignit. La cheminée était éteinte par cette chaleur et le fauteuil près d'elle complètement vide.

Mais ce ne fut pas la pièce en elle-même qui capta l'attention de Lex et la fit se figer. Ce fut la porte en métal qui sécurisait l'arrière-boutique. L'endroit dont Montgomery lui avait toujours interdit l'accès.

Elle était également entrouverte, juste d'un cheveu. Tellement peu qu'elle ne l'avait pas remarqué au début. Mais elle était bel et bien ouverte et déverrouillée. Cela voulait dire que quelqu'un était entré.

Lex savait qu'elle devait vérifier. Le cambrioleur pouvait être encore à l'intérieur en train de réaliser son larcin. De plus, c'était sa chance, sa seule chance de voir ce qu'il y avait réellement derrière cette porte. La raison pour laquelle Montgomery était aussi mystérieux. Elle fit un pas, la main tendue vers la porte, prête à la pousser…

Mais elle s'arrêta, prise de court par le son de pas derrière elle. Lex se raidit, prête à se battre, mais ce n'était que Montgomery. Ses cheveux blancs apparurent, suivis de son visage interloqué.

— Mademoiselle Blair ? demanda-t-il. Que faites-vous ? Vous avez laissé la porte grande ouverte.

Puis ses yeux s'écarquillèrent en voyant derrière elle la porte en métal. Lex sut immédiatement ce qu'il pensait.

— Ce n'est pas moi, lui dit-elle, rapidement. C'était ouvert lorsque je suis arrivée. Je me suis dit qu'il y avait peut-être un cambrioleur alors j'ai vérifié en bas. Je n'ai pas l'impression que quoi que ce soit ait disparu. Puis je suis montée et…

Elle fit un geste vers la porte.

— Mon Dieu, mon Dieu, dit Montgomery la main sur sa bouche. Vous pensez que quelqu'un la forcée ?

— Elle n'a pas l'air d'avoir été forcée, dit Lex, en proie au doute.

Ça n'y ressemblait pas. Il n'y avait aucune marque sur la porte, du moins de ce qu'elle pouvait voir. Mais cela voulait dire que la personne avait eu besoin de la clé. À moins qu'il n'ait réussi à crocheter la serrure d'une façon ou d'une autre. Lex n'y connaissait pas grand-chose.

— Ils sont peut-être encore là. Je vais aller voir.

Elle fit un pas en avant, mais Montgomery se plaça rapidement devant elle.

— Non, lui dit-il fermement. Vous savez que personne en dehors de moi ne doit entrer. Je vais regarder.

— C'est peut-être dangereux, dit Lex.

Elle était véritablement inquiète pour Montgomery et pas simplement excitée à l'idée d'enfin voir l'intérieur de la pièce. Elle le voyait mal faire le poids face à un cambrioleur armé.

— C'est à moi d'affronter le danger. Je suis le propriétaire de cet établissement, répondit Montgomery en levant le menton, déterminé. Je ne veux prendre aucun risque avec votre sécurité, Mademoiselle Blair, aucun risque. Attendez ici, attendez ici.

Avant qu'elle ne puisse de nouveau protester, Montgomery disparut derrière la porte. Il l'ouvrit à peine et la referma complètement derrière lui de sorte que Lex ne puisse rien voir de ce qui se cachait derrière. Tout en résistant à l'envie d'entrer et de regarder ce qu'il y avait à l'intérieur, Lex sortit son téléphone. Au moins, elle serait prête à appeler la police.

— Argh !

Le bruit qui émana de derrière la porte fit palpiter le cœur de Lex. Elle avait reconnu la voix de Montgomery. Il avait l'air d'avoir mal. Ou il était choqué. Bref, rien de bon.

— Montgomery, vous allez bien !, Je… J'appelle la police !

— Non, dit-il.

Il apparut et referma rapidement la porte derrière lui. Il était très pâle.

— Non, pas encore. C'est… Quelqu'un est bien entré par effraction comme vous le pensiez. Ils… Ils ont dû venir dans la nuit. Ils sont entrés... et ils ont volé le livre !

— Le livre ? demanda Lex avec un poids dans l'estomac.

Elle était presque sûre de savoir déjà de quel livre il parlait.

— Le livre blanc, lui dit Montgomery. Celui que vous avez récupéré à la vente. Il a disparu.

CHAPITRE QUINZE

— Fermez les portes, aboya Montgomery.

Lex se précipita en bas et l'entendit fermer la porte arrière tandis qu'elle s'occupait de l'entrée. Elle abaissa aussi le store de la pièce principale pour que les clients soient découragés et n'essaient pas d'entrer.

— Vous êtes certain qu'il ne manque rien d'autre ? demanda Lex lorsque Montgomery la rejoignit au comptoir.

Il secoua la tête.

— Je range tout d'une façon très spécifique. Je l'aurais remarqué immédiatement s'il manquait autre chose. C'est pour cela que j'ai tout de suite compris que le livre blanc avait disparu.

Lex tapota le comptoir.

— Ce qui veut dire que la personne qui est entrée est venue spécialement pour ce livre. Pourquoi a-t-il tant de valeur ?

Elle était tellement frustrée pour Montgomery, mais aussi pour elle-même. Ce livre était sa trouvaille. Celle qui lui avait valu tant de compliments. Forcément, c'était le livre dont dépendait sa commission.

— Il est très rare, très rare, répondit Montgomery.

Il avait l'air complètement désemparé du vol et de l'intrusion dans son magasin. Lex ne pouvait lui en vouloir. Il était tellement mystérieux lorsque ça concernait l'arrière-boutique. Savoir que quelqu'un y était entré devait être perturbant.

Maintenant qu'elle y repensait, c'était incompréhensible.

— Comment le voleur a-t-il bien pu entrer ? demanda Lex. Quelqu'un a-t-il connaissance de la clé de secours ?

— Absolument personne, répondit Montgomery, abattu. Je n'ai jamais eu besoin de l'utiliser ces dix dernières années. J'ai toujours mon trousseau sur moi.

Cela compliquait les choses. Si personne n'avait eu l'opportunité de voir Montgomery ou quelqu'un d'autre sortir la clé et qu'il ne l'avait dit à personne, alors l'intrus avait dû procéder autrement.

— Elle est encore là ? demanda Lex.

Peut-être que quelqu'un avait simplement fouillé et avait été chanceux.

— Oui, j'ai vérifié en fermant la porte arrière, dit Montgomery.

Il appuya sur un bouton caché sur le côté du comptoir et une petite porte s'ouvrit révélant un compartiment.

— Je l'ai ramené, regardez. Il n'y a aucune trace d'utilisation.

La clé qu'il tenait dans ses mains était sale et rouillée. Lex n'avait pas de mal à croire qu'il ne l'avait pas utilisé depuis dix ans. S'il n'y avait aucun signe de fouille et que la clé était encore là, cela voulait dire que le voleur avait un autre moyen d'entrer. Sachant que la porte principale était ouverte, il avait dû passer par là. Mais comment ?

— Et il n'y a aucun autre trousseau nulle part ? demanda Lex qui essayait désespérément de comprendre. Pas même un que vous auriez perdu il y a plusieurs années ?

— Aucun.

Montgomery fronça les sourcils. Il mit la main dans sa poche et posa son propre trousseau sur le bois. Les clés étaient en métal brut, anciennes et ornées de détails au niveau de l'anneau.

— Ce sont les clés d'origine. Il n'y en a qu'un exemplaire et elles n'ont jamais été remplacées.

Lex lâcha un soupir de frustration.

— Alors comment est-ce possible ? demanda-t-elle. Le cambrioleur a dû passer par deux portes verrouillées. Même s'il avait réussi à utiliser la clé de secours pour la porte arrière, cela n'explique pas comment il a accédé à l'étage. Tout cela sans effraction.

— Cela paraît impossible.

— Il a peut-être crocheté les serrures, dit Lex. Je n'y connais pas grand-chose en verrou et ceux-là sont anciens. Mais même s'ils sont plus durs à ouvrir, je suis prête à parier qu'il y a des gens qui savent le faire. Nous devrions voir ce qu'en pense la police. Ils trouveront peut-être des empreintes.

— Oh, non, dit durement Montgomery en levant les yeux. Non, non, non. Nous ne voulons pas impliquer la police.

— Pardon ? demanda Lex, surprise. Mais on vous a cambriolé. C'est exactement le genre de choses dans lesquelles on implique la police.

— Peu importe, je ne veux pas qu'ils fouinent ici, répondit sévèrement Montgomery. Les voir piétiner dans tous les coins, examiner ma pièce de stockage, tout tripoter… Non, c'est hors de question.

Lex ouvrit la bouche pour protester, mais elle vit le regard de Montgomery. C'était plus fort que son entêtement habituel. En fait, Lex trouva qu'il avait l'air effrayé.

De quoi avait-il peur ? Était-ce juste la protection de sa vie privée qui l'inquiétait ? Ou cachait-il autre chose ?

— Alors que devrions-nous faire ? demanda doucement Lex.

Elle ne voulait pas l'énerver davantage, mais elle était perdue. Le livre avait disparu et sans la police, ils n'auraient aucun indice sur l'identité du voleur. Du moins pas de preuves tangibles, car Lex avait déjà quelques soupçons. Et ils se portaient particulièrement sur Jeffrey Schreck.

— Nous devons le récupérer, dit Montgomery.

La détermination dans ses paroles était amoindrie par la détresse visible sur son visage. Quelque chose en Lex se souleva au son de sa voix. Montgomery était visiblement en souffrance. Si elle pouvait y mettre un terme, elle le ferait. Elle devait prendre les commandes et agir. Faire quelque chose qui l'apaiserait et lui remonterait le moral. C'était la seule chose à faire pour améliorer la situation.

— En tout cas, nous savons déjà qui voulait le livre, dit-elle. Je vais aller voir si je peux le récupérer. Je ne serais pas longue.

Lex se retourna et récupéra ses clés dans sa poche tout en sortant. Elle avait laissé sa voiture garée derrière *La Curieuse Librairie* hier. Après tout le grabuge, elle n'avait pas jugé utile de la déplacer. De toute façon, le magasin était proche de son appartement. C'était une chance, car maintenant elle pouvait se rendre à Marshfield sans perdre de temps.

Montgomery ne dit rien lors de son départ. En se retournant dans le couloir, Lex vit qu'il fixait le comptoir vide, complètement perdu dans ses pensées. C'était mauvais signe. Peu importe ce qu'elle ferait du reste de sa journée, Lex devait au moins lui remonter le moral. Ou tant qu'à faire, retrouver le livre et le ramener.

Lex se dépêcha de rejoindre sa voiture. Après l'avoir déverrouillée, elle ouvrit la porte pour lancer son sac à main à l'intérieur avant de prendre place sur le siège conducteur. Elle baissa les yeux pour mettre son sac sur la banquette arrière et se figea, fixant le siège passager.

Assise là avec un air totalement innocent se trouvait Hécate. Posée sur le siège près de son sac avec sa queue qui s'agitait doucement derrière elle.

— Euh… dit Lex.

Il y avait un chat dans sa voiture. Un chat qui était apparemment entré sans qu'elle ne s'en rende compte. Elle ne savait pas vraiment comment réagir dans ce genre de situation.

Tandis que Lex l'observait, Hécate tourna doucement la tête et cligna de ses grands yeux verts jusqu'à ce qu'elle regarde à travers le pare-brise. On aurait dit qu'elle attendait de voir où la voiture allait l'emmener. Lex réfléchit. Elle ne se souvenait même pas d'avoir vu Hécate descendre du comptoir et encore moins la suivre. Comment avait-elle réussi à se glisser dans la voiture sans que Lex s'en aperçoive ?

Peu importe comment le chat avait fait. Elle lui faisait perdre du temps.

— Euh... tu ne peux pas m'accompagner, dit Lex.

Elle réalisa en prononçant ces mots le ridicule de cette situation. Pourquoi essayait-elle de raisonner un animal ?

— Tu dois retourner à l'intérieur.

La seule réaction d'Hécate fut de tourner une de ses oreilles dans la direction de Lex. Puis elle la remit vers l'avant.

— Tu dois vraiment sortir, Hécate, dit Lex. Allez, oust.

Oust ? Était-ce vraiment la bonne manière de s'adresser à un chat ? Au moins, les chiens comprenaient certains ordres simples, comme « assis » et « couché ». Les chats n'en faisaient qu'à leur tête.

Ce qui rappela à Lex l'avertissement que Montgomery lui avait donné lors de son premier jour à *La Curieuse Librairie*. Hécate ne devait pas être déplacée ou gênée. Elle faisait la loi dans la boutique et était autorisée à se poser où bon lui semblait. Montgomery ne serait pas content d'apprendre que Lex essayait de faire sortir son chat. Même si elle était en mission pour retrouver un important livre volé.

Lex soupira. Peut-être qu'en allumant le moteur, le chat réaliserait que la voiture allait partir. Elle tourna la clé dans le contact et le félin s'anima. Hécate se redressa, mais resta assise là. Après quelques instants, elle tourna de nouveau sa tête vers Lex comme pour lui dire : *Alors ? On n'est pas censé aller quelque part ?*

Lex se mordit la lèvre, perplexe. Elle aurait aimé que le chat comprenne. Elle roula juste un peu tout en gardant la porte ouverte. Peut-être que le mouvement aurait un effet sur Hécate.

Rien.

En fait, le chat semblait même heureux. Comme si elle était impatiente de partir en ville.

— D'accord, dit Lex.

Elle hésita encore quelques secondes avant de fermer la portière puis vérifia qu'aucune voiture n'arrivait.

— Je suppose que tu viens avec moi.

Elle s'engagea prudemment avec un nouveau regard pour le chat. Juste au cas où elle paniquerait et essaierait de sauter. Mais Hécate resta calme et immobile.

D'accord, pensa Lex essayant de ne pas stresser. *Je pars en road-trip avec un chat pour récupérer un livre volé. Une journée parfaitement normale.*

CHAPITRE SEIZE

Il ne fallut pas longtemps à Lex pour atteindre Marshfield. Elle avait pris l'autoroute côtière puis un chemin vers l'intérieur des terres jusqu'au centre-ville pour chercher une place de parking. Pendant tout le trajet, Hécate avait été silencieuse et avait regardé devant elle avec enthousiasme. Parfois, elle avait bougé une patte ou balancé doucement sa queue contre le siège passager.

Tout comme Incanton, Marshfield avait un parking situé à proximité des rues commerçantes. Ce qui permettait un accès facile aux visiteurs. Il ne lui fallut pas beaucoup de recherches pour trouver le magasin de Jeffrey Schreck. Avec tous les panneaux et affiches qui annonçaient la présence de livres d'occasion, il était facilement visible de l'autre côté du parking. De grosses lettres majuscules épelaient le nom : *C'est l'Occasion ou Jamais.*

Lex fit une pause avant de sortir de la voiture puis se dirigea discrètement vers son coffre, espérant ne pas avoir été repérée. Elle s'était souvenue de choses qu'elle avait laissées dans sa voiture la dernière fois qu'elle avait dû prendre quelqu'un en filature. Une sorte de déguisement avec du rouge à lèvres, une paire de talons noirs, une paire de grosses lunettes de soleil qui cachait son visage, et une robe haute couture. Elle ne pouvait malheureusement pas l'enfiler maintenant. Il y avait aussi une perruque blonde qu'elle n'avait pas bon d'utiliser la dernière fois. Lex ne l'avait portée qu'une seule fois lors d'une fête costumée sur le thème des contes de fées, où elle s'était déguisée en princesse Aurore.

Mais cette fois-ci, elle devait masquer son identité autant que possible. Elle pourrait de nouveau devenir Mathilda Grainger. Une riche et hautaine collectionneuse qui était intéressée par le genre de livres rares que vendait Jeffrey. Lex mit rapidement la perruque sur sa tête, ajusta ses lunettes de soleil et retourna sur le siège pour se mettre du rouge à lèvres. Elle créa un arc plus prononcé au centre de ses lèvres. Son déguisement était enfin complet.

— Très bien, Mathilda, dit-elle en lissant les cheveux de la perruque. C'est le moment de passer sous couverture.

Lex se regarda dans le miroir et se lança un regard sévère et confiant. Elle essayait de s'imprégner une nouvelle fois de la personnalité arrogante qui lui permettait de mentir, même lorsqu'elle était terrifiée. Puis elle sortit de la voiture et claqua la porte.

Lex balançait des hanches en marchant avec ses talons. Le but était d'être une personne aux antipodes d'elle-même. La moindre trace de Lex devait avoir disparu. C'était un sacré défi pour ses talents d'actrice, même si elle n'était pas totalement sûre de réussir. Si Jeffrey ne se rendait pas compte de sa présence dans le magasin, alors elle aurait peut-être le temps de faire un tour. Et même pourquoi pas de l'entendre parler du livre.

Lex poussa la porte de la librairie et observa la pièce. Ses yeux eurent du mal à s'adapter à l'obscurité intérieure puisqu'elle ne pouvait pas retirer ses lunettes de soleil. Elle regarda vers le sol avant de se retourner pour fermer la porte et faillit faire une crise cardiaque. Hécate passa tranquillement devant elle en trottant comme si de rien n'était. Elle reniflait l'air et observait le magasin comme l'aurait fait une cliente.

Lex ne pouvait pas se permettre de faire une scène en essayant de faire sortir le chat. Sa seule option était de jouer le jeu. De faire comme si Mathilda Grainger avait bien évidemment amené son animal adoré pour faire son shopping de livres anciens. Lex ne savait pas quelle fortune il fallait posséder pour se sentir libre de faire les magasins avec son chat, mais peu importe le nombre, Mathilda l'avait.

Lex entra complètement dans le magasin et se dirigea derrière des étagères pour être hors de vue du comptoir. Ainsi, Jeffrey Schreck ne pourrait pas la distinguer correctement. Puis Lex regarda rapidement autour d'elle pour voir ce que faisait Hécate.

Le chat l'avait suivie, mais se tenait maintenant un peu à l'écart et reniflait toujours l'air. Lex se souvint de l'étrange réaction d'Hécate face au livre la première fois qu'elle l'avait vu. Le félin avait craché comme un chat sauvage à la fois devant la boîte qui contenait le livre, mais aussi devant l'objet en lui-même. Il avait peut-être une odeur singulière. Quelque chose qui provoquerait chez elle la même réaction.

Si c'était le cas, elle pourrait vraiment être utile à Lex. Elle lui servirait de radar pour localiser le livre parmi les étagères et dans les autres endroits où elle aurait accès. Lorsqu'elle le croiserait, Hécate deviendrait folle, c'était certain. Alors, Lex saurait exactement où regarder pour le récupérer. Et elle aurait la preuve irréfutable que Jeffrey était le cambrioleur.

Lex baissa les yeux vers Hécate en fronçant les sourcils. C'était assez étrange que le chat ait choisi de monter dans sa voiture pour la première fois aujourd'hui. Le jour où Lex avait besoin des talents qu'elle avait à offrir. Ensuite, sans sourciller, elle avait suivi Lex dans le magasin. C'était comme si le chat savait ce qu'il avait à faire.

Ce qui était bien entendu ridicule. C'était impossible que le chat comprenne ce qu'il se passait. Pour commencer, elle ne comprenait pas l'anglais, du moins pas comme un humain. Comment avait-elle deviné que Lex avait besoin d'elle ? Non, c'était une simple coïncidence. C'était un chat, qui faisait ce qu'il voulait, quand il le voulait. Le fait qu'il lui soit utile n'était qu'un heureux hasard.

Lex parcourut doucement les étagères. Elle faisait semblant de regarder les livres alors qu'en réalité, elle observait Hécate à travers ses lunettes. Le chat se baladait silencieusement, plutôt heureux, sans jamais réagir. On aurait dit qu'elle était en balade, rien de plus. En tout cas, aucun livre ne lui faisait de l'effet.

Lex s'arrêta, hésitante, tandis qu'elle s'approchait de la dernière rangée. Un pas de plus et elle serait de nouveau juste en face du comptoir. Entre les livres sur les étagères, elle apercevait Jeffrey. Il se tenait là et lisait un magazine en attendant qu'un client approche.

Lex déglutit et regarda Hécate. C'était peut-être une mauvaise idée. Elle avait du mal à imaginer qu'un voleur mette son larcin en vente sur ses étagères le lendemain du délit.

Non pas qu'elle sache comment pensait un voleur, puisqu'elle n'en était pas une.

Lex lança un nouveau regard à Hécate et se concentra pour ne pas se mordre la lèvre. Elle ne voulait pas ruiner son maquillage. Que faire ? Essayer de lui parler ? Abandonner et partir ?

Lex était venue jusqu'ici et devait aller au bout.

Elle sortit de l'angle et s'approcha du comptoir avec la fausse assurance de Mathilda Grainger. Elle décida sur un coup de tête de faire son accent le plus bourgeois tout en baissant sa voix d'une octave dans l'espoir que Schreck ne la reconnaisse pas.

— Excusez-moi, dit-elle. Vous vendez des livres rares ici ?

Il y eut un long silence. Au moment où Lex était sur le point de se répéter de peur qu'il n'ait pas entendu sa question, Schreck prit la parole.

— C'est un chat ? demanda-t-il.

— Évidemment, répondit Lex avec assez d'assurance pour qu'il ne pose pas plus de question.

— C'est votre chat ? ajouta-t-il.

Lex se racla la gorge, ça ne se passait pas du tout comme prévu.

— Oui. Mais ce n'est pas le sujet.

— C'est vous, n'est-ce pas ? ricana soudainement Schreck en se penchant sur le comptoir. La fille stupide qui m'a dérobé mon livre. Que faites-vous ici ? Vous voulez aussi me voler dans mon magasin ?

— Ce n'est pas moi le voleur ici, dit Lex.

Elle essaya de rester aussi calme que possible. Même si son déguisement était maintenant inutile, elle ne fit pas mine de retirer sa perruque ou ses lunettes. Ces accessoires avaient le mérite de masquer sa nervosité et les battements rapides de son cœur. Il s'était emballé dès que Schreck avait percé son déguisement.

— C'est vous. Je suis ici pour récupérer le livre.

— Mais on est où là ? Dans *la quatrième dimension* ? railla Schreck. Comment pourrais-je vous rendre quelque chose que vous m'avez volé ? Ça n'a aucun sens. Vous m'avez l'air un peu jeune pour faire un AVC, mais je ferais peut-être mieux d'appeler une ambulance.

Lex se calma. Elle n'avait aucune preuve de sa culpabilité. Même Hécate n'avait pas réussi à détecter la présence du livre. Mais cela ne voulait pas dire qu'il n'était pas dans le magasin. Il pouvait être caché. Ou alors, la réaction d'Hécate n'avait aucun rapport avec le livre et elle se baladait ici tranquillement. C'était peut-être juste la couleur blanche de la couverture qui l'avait effrayée ou l'odeur d'une souris qui passait par là. Qui pouvait deviner ? Mais cela n'allait pas entamer la détermination de Lex.

— Vous savez très bien de quoi je parle, répondit-elle. Vous vous êtes introduit dans *La Curieuse Librairie* tôt ce matin. Puis vous avez accédé au coffre de Montgomery et volé le livre. Alors rendez-le ou j'appelle la police.

Schreck la fixa.

— Le livre a été volé ? Le livre blanc ?

— Exactement comme vous le criez depuis le début, non ? répliqua Lex.

Pourtant, elle commençait à douter. Schreck avait paru surpris par sa déclaration et elle ne pensait pas qu'il soit un très bon acteur.

Il continua à la fixer les yeux écarquillés, puis éclata soudainement de rire. Lex fut tellement estomaquée par sa réaction qu'elle recula d'un pas.

— Quelqu'un a volé le livre blanc, dit-il pour lui-même comme si c'était une blague. Oh, cette personne va passer un sale quart d'heure !

Il rit de nouveau en secouant la tête. Apparemment, la situation était hilarante.

— Comment ça ? demanda Lex.

Elle ne comprenait pas son comportement. La menaçait-il ? Ou savait-il quelque chose qu'elle ignorait ?

— Je vais devoir en informer mon assemblée, dit-il en secouant la tête gaiement. Montgomery et vous devriez en faire de même, si vous tenez à la garder. Ça va retomber sur quelqu'un, et il vaudrait mieux que ce ne soit pas une personne de la communauté.

— Assemblée ? répéta Lex en fronçant les sourcils.

C'était un drôle de mot à employer.

— Vous voulez dire… vos clients ?

Schreck lui lança un autre regard amusé.

— Oui, oui, vos *clients*. Pour l'amour de Dieu, quel genre de personne entre dans un magasin rival avec une perruque et un chat ? Sortez de ma boutique. Je vous mets sur ma liste de clients bannis. Je ne veux pas que vous veniez ici pour fouiner et faire le sale boulot de Montgomery. Allez, du balai.

Lex ouvrit la bouche pour protester et regarda Hécate. Comment allait-elle réussir à faire sortir ce chat qui n'en faisait qu'à sa tête ? Mais le chat était déjà près de la porte, sa queue courbée en point d'interrogation. Elle observait Lex par-dessus son épaule comme si elle l'attendait. Lex referma sa bouche et quitta le magasin. Elle sentait qu'il ne servirait à rien de rester et de débattre avec lui.

Comment expliquer sa réaction ? Et les choses étranges qu'il avait dites ? Utiliser le mot « assemblée » au lieu de « clients » était vraiment bizarre. Lex se secoua mentalement, et essaya de réfléchir à sa prochaine étape. Elle devait trouver le moyen d'aider Montgomery, mais par où commencer ?

Sans savoir pourquoi, elle baissa les yeux vers Hécate. Peut-être que le chat avait toutes les réponses. Sa seule réaction fut un léger miaulement avant qu'il ne traverse la rue d'un pas décidé. Lex baissa les bras et le suivit. Elle avait perdu son inspiration et ne savait pas quoi faire ensuite. Impossible de laisser le chat adoré de Montgomery dans une ville inconnue, elle n'avait pas d'autre choix que de le suivre.

Au-delà de la rue principale, Marshfield était assez similaire à Incanton. C'était une petite ville pittoresque quoiqu'un peu moins excentrique. Lex se dépêcha et essaya de rattraper Hécate. Elle passa devant de charmants pavillons, des maisons plus récentes en briques rouges, des jardins bien entretenus aux clôtures blanches, et une aire de jeux pour enfants pour le moment déserte. Le chat arrivait toujours à trotter assez vite pour rester hors d'atteinte.

Ce fut l'église qui coupa le souffle de Lex. Elle ne savait même pas que ce genre de bâtiment existait par ici. Une bâtisse du dix-huitième siècle en briques grises et à la toiture en ardoise. Les deux façades visibles depuis la route étaient recouvertes de vitraux. Il y avait encore un petit cimetière derrière l'église séparée du chemin par un grillage. Les tombes avaient verdi et été rendues illisibles par les années. Lex s'arrêta sur le chemin pour admirer la vue et vit qu'Hécate avait fait de même.

L'église n'était visiblement plus un lieu de culte. Les portes étaient ouvertes et une pancarte en bois accrochée au-dessus indiquait le nom de l'entreprise : *Antiquités et curiosités d'Harry*. Lex fit une pause et observa les lieux. C'était magnifique.

Mais l'endroit était en danger. Cela se remarquait facilement grâce aux affiches rouges qui avaient été placardées partout. Il y en avait sur le portail de la rue, sur les portes et même sur le nom de la boutique. Ils disaient tous la même chose : « FERMETURE TOUT DOIT DISPARAÎTRE. » L'antiquaire n'allait pas rester ouvert très longtemps. Lex ne put s'empêcher de se demander ce qu'il allait advenir de l'endroit.

Elle hésita et avança jusqu'à mi-chemin. À l'intérieur, elle n'apercevait que les lumières colorées renvoyées par les vitraux sur le sol pavé. Il y avait aussi des étalages et des tables sur lesquels se trouvaient toutes sortes de vieux objets. Un peu comme lors de la vente du manoir. Du bazar amassé et empilé qui n'avait aucune valeur. C'était sûrement la raison de la fermeture.

Ce n'était pas le magasin en lui-même qui la faisait hésiter et se perdre dans ses pensées. C'était le bâtiment. L'église était superbe. Si elle était vacante, alors il y avait peut-être une opportunité qui se présentait. La bâtisse pourrait peut-être accueillir un nouveau genre de magasin, peut-être même une librairie.

Lex retint sa respiration en imaginant une devanture plus accueillante. Des étagères remplies de livres visibles depuis l'extérieur. Cette image était tellement nette et puissante dans son esprit qu'elle faillit lui tirer une larme. Elle se l'imaginait déjà. Ce serait l'endroit idéal.

Lex se voyait devant la porte à attendre que les clients entrent dans sa propre librairie. Les couleurs éclabousseraient les pages et les piles, amenant une touche de magie supplémentaire à celle que possédaient déjà les livres.

Elle s'éclaircit la gorge et fit demi-tour. À ses pieds, Hécate l'attendait patiemment. Ce n'était pas le moment de penser à cela. Elle était loin d'en savoir assez pour ouvrir sa propre boutique. De plus, l'endroit n'était sûrement plus disponible. Il avait déjà dû être réservé. C'était beaucoup trop beau pour rester vacant.

Lex secoua la tête. Elle avait d'autres priorités. Les piles de bazar lui rappelèrent un autre magasin qui transformait des objets anodins et faisait ressortir leur beauté : *Objets Trouvés près de la Mer*. Ian Blacksmythe l'avait déjà bien aidé cette semaine. Lex espérait que ce serait de nouveau le cas. Il aurait peut-être une piste et lui indiquerait une personne à qui elle pourrait parler. Avec son aide, elle pouvait peut-être encore trouver le nom du coupable et récupérer le livre.

CHAPITRE DIX-SEPT

Lex allait devoir reprendre depuis le début. Elle avait cru dès le départ que Jeffrey Schreck était derrière le vol. Mais maintenant, elle voyait les choses sous un autre angle. Entre sa surprise à l'annonce du vol et l'absence de réaction d'Hécate, elle pensait désormais qu'il était innocent.

Elle se gara et sortit de la voiture. Cette fois, elle n'essaya même pas d'empêcher Hécate de la suivre. Ça ne servirait à rien puisque le chat ne prenait pas en compte ses suggestions. Et puis sa compagnie avait quelque chose d'étrangement réconfortant. Si le félin réagissait à la présence du livre, alors ce serait un sacré indice pour conduire Lex jusqu'à lui.

Cela restait tout de même très étrange de se balader sur le front de mer avec un chat à ses côtés. C'était le milieu de la journée, mais Lex trouva encore plus étrange que personne ne réagisse à la présence du félin. Peut-être qu'Hécate avait l'habitude de se balader et Lex ne s'en était jamais rendu compte.

Elle arriva en territoire familier près d'*Objets Trouvés près de la Mer*. Là au moins elle savait qu'elle serait bien accueillie par Ian Blacksmythe.

Il leva les yeux lorsque Lex entra dans le magasin et lui sourit. Il les observa, elle et le chat.

— Déjà de retour ? plaisanta-t-il. Hécate vous fait visiter la ville ? Mieux vaut tard que jamais.

Lex regarda le chat tout en s'approchant d'Ian. Hécate leva à son tour les yeux vers elle comme si elle était consciente d'être le sujet de la discussion. Puis le chat se dirigea vers Ian et s'assit à ses pieds.

— En fait, elle m'a suivie lorsque je suis sortie du magasin, dit Lex. Nous sommes partis à l'aventure ce matin à la recherche d'informations. *La Curieuse Librairie* a été cambriolée cette nuit.

Le visage d'Ian se décomposa.

— Oh non ! Je suis navré de l'apprendre. Y a-t-il eu des dégâts ?

— Non, et c'est étrange, soupira Lex. On dirait que rien n'a été forcé alors que le voleur a réussi à passer deux portes verrouillées. Il a volé un livre de valeur et nous sommes pressés de le récupérer.

— Je peux comprendre ! s'exclama Ian.

Il jeta un œil à son magasin comme s'il s'imaginait la douleur que causerait un cambriolage.

— Je n'ai pas vu de livre aujourd'hui, mais je vous aiderai si je le peux. Quand est-ce arrivé ?

— Nous n'en sommes pas totalement sûrs. Quelque part entre tard hier soir et tôt ce matin, expliqua Lex. Le vol avait déjà eu lieu lorsque nous sommes arrivés pour l'ouverture.

L'expression d'Ian changea, ses yeux perdus au loin.

— Attendez, dit-il. J'ai peut-être vu quelque chose. Je souffre parfois d'insomnie. Lorsque cela arrive, je fais une petite balade pour essayer de m'épuiser. Ça ne fonctionne pas toujours, mais au moins je garde la forme.

Il tapa son imposant ventre et Lex ne sut pas s'il était sérieux ou si c'était une plaisanterie.

— Vous êtes sorti la nuit dernière ? le pressa, Lex.

Elle voulait qu'il aille au bout de son histoire rapidement sans être malpolie.

— Oui, et j'ai vu quelqu'un près du magasin, répondit Ian. Je m'en éloignais pour rentrer chez moi et cet homme allait dans sa direction. Je suis certain que c'était un homme. Je ne l'ai pas vu dans les détails, il était sur l'autre trottoir et bien évidemment il faisait nuit.

— Pouvez-vous me le décrire ? demanda Lex. Sa corpulence ou ce qu'il portait ?

Ian ferma les yeux comme pour mieux visualiser son souvenir.

— Oui. Il ne portait que du noir. Ce qui n'a pas aidé à bien le voir. Mais je crois qu'il était plutôt grand et peut-être mince. Difficile à dire.

Lex fronça les sourcils. Ça ne ressemblait pas à Jeffrey Schreck. Il était petit, pas très mince et portait une chemise blanche lors de chacune de leurs rencontres. Il aurait très bien pu se changer pour être plus discret. Mais quelque chose ne collait pas. Si Ian avait vraiment vu le voleur, alors ça ne pouvait pas être Schreck.

Mais il y avait une personne qui correspondait à cette description. Lex réalisa soudain qu'il y avait un autre homme qui était présent à la vente et cherchait des livres. Un homme grand, mince, qui avait

93

tendance à ne porter que du noir, même lorsqu'il ne cherchait pas se cacher.

Eli Sanderson.

— Merci Ian, vous m'avez été d'une grande aide, dit Lex en se dépêchant de sortir du magasin. Je crois savoir qui vous avez vu.

— Bonne chance ! lui lança Ian.

Lex lui fit un sourire. Demander de l'aide à Ian Blacksmythe devenait une habitude.

***

Lex redressa les épaules et essaya de calmer ses nerfs. Elle devait le faire, c'était la seule façon d'avoir les réponses qu'elle voulait. Ce n'était pas pour cela que c'était facile. Elle sentait la sueur perler sur sa nuque et ce n'était pas à cause du soleil.

Lex ne s'était pas imaginée avoir suffisamment de courage pour revenir ici de sitôt. Debout devant la porte de Mme Sanderson, elle observait la maison et se préparait à affronter la seule personne en ville qui l'enverrait très certainement balader. Enfin, si elle ne lui hurlait pas dessus en pleine rue.

Lex n'avait pas le temps d'attendre des heures voire des jours dehors qu'Eli apparaisse. Il n'y avait qu'un seul moyen de lui parler et de découvrir s'il était coupable. Elle devait frapper.

Elle observa Hécate qui était une nouvelle fois confortablement assise à ses pieds.

— C'est une mauvaise idée, murmura-t-elle.

Hécate ne fit que remuer sa queue contre les pavés et continua de fixer la porte.

Lex prit une profonde inspiration et toqua avant de perdre son courage. Elle se raidit, prête à se faire rembarrer. Mais lorsque la porte s'ouvrit, ce n'était pas Mme Sanderson. C'était Eli.

— Tiens, salut, dit-il.

Il prit une posture décontractée et fit un sourire détendu en voyant que c'était elle.

— Je vous manquais ?

Lex réfléchit à une réponse, mais se trouva à court de répartie.

— En fait, j'ai quelques questions, dit-elle pour qu'il comprenne que ce n'était pas une visite de courtoisie.

— Ma tante est absente, dit Eli. Je dois dire que vous avez plus de cran que je ne le croyais. Oser revenir ici. Peu l'auraient fait.

— Ce n'est pas pour Mme Sanderson que j'ai des questions, dit Lex. C'est pour vous.

Eli se redressa légèrement, visiblement intrigué.

— Vraiment ?

— Je voudrais savoir où vous étiez la nuit dernière, dit Lex pour se débarrasser de la question.

Eli haussa un sourcil.

— Juste ici. Au lit. Pourquoi ? Étais-je attendu autre part ?

— Vous avez été aperçu, répondit Lex sans mentionner le nom d'Ian pour éviter de lui causer des ennuis. Vous vous baladiez. Où alliez-vous ?

Eli étouffa un petit rire.

— Je n'ai rien fait de tel. Vous avez rêvé de moi, Alexis ?

Lex hésita, incertaine sur la marche à suivre. Elle regarda Hécate, mais le chat se contentait de se lécher les pattes, complètement désintéressé de la conversation.

Mais si Eli avait volé le livre, il devait être caché dans la maison. Hécate n'aurait aucune réaction d'aussi loin. Elle devait entrer.

— Pourquoi ne pas me laisser entrer ? suggéra Lex. Nous pourrons discuter davantage.

Eli la reluqua de haut en bas et un frisson lui parcourut l'échine.

— Rien ne me ferait plus plaisir, dit-il en s'appuyant contre l'encadrement de la porte, les bras croisés. Mais je vais devoir refuser. Ma tante pourrait revenir à tout instant et c'est sa maison. Elle serait furieuse contre moi si je vous laissais entrer.

Lex serra les dents pour s'empêcher de lui crier dessus. Elle devait entrer pour en avoir la preuve. Mais c'était impossible. Il ne lui laissait pas le choix. Elle allait devoir l'accuser pour jauger sa réaction.

— Vous avez pris le livre, n'est-ce pas ? dit-elle. Je vous ai vu m'observer à la vente. Vous y étiez pour l'acheter, vous aussi ? Peut-être que vous avez attendu que le magasin soit vide pour entrer et le prendre.

Eli secoua rapidement la tête et quelques mèches près de ses oreilles s'agitèrent dans le mouvement.

— Si quelqu'un a volé votre livre, ce n'est pas moi. Cependant, j'ai particulièrement apprécié le spectacle lors de la vente. Vous causez toujours autant de destruction sur votre passage ?

Lex faillit l'insulter. Si elle voulait jouer à la détective, c'était clairement raté. Elle était soit incapable de déceler les mensonges, soit ses suspects n'étaient pas les bons. Sans pouvoir entrer dans la maison et laisser l'occasion à Hécate de renifler l'odeur du livre, elle ne pouvait plus faire grand-chose.

— Quelquefois seulement, murmura-t-elle. Mais si vous n'y êtes pas allé pour le livre, que faisiez-vous là-bas ? Vous m'avez suivie ?

— Toutes les personnes intéressées par les antiquités étaient présentes à la vente, Alexis, dit Eli d'un ton qui faisait sonner « Alexis » comme « chérie ». Même si je suis flatté que vous ayez pensé à moi. Aimeriez-vous que je vous suive ? C'est votre truc ?

— Non, merci, dit Lex avant de se tourner pour partir.

Elle allait devoir retourner voir Montgomery et admettre sa défaite. Admettre qu'elle n'avait rien trouvé.

— Attendez, dit Eli.

Il avança sur le pas de la porte. Sa main était tendue comme s'il voulait l'empêcher de partir.

— Vous n'allez plus vous occuper de ce livre, n'est-ce pas ? C'est une bénédiction qu'on vous l'ait volé. Vous devriez vous estimer heureuse et en rester là.

— Pourquoi ? demanda Lex.

Ce pouvait être une tactique pour lui faire arrêter ses recherches.

— Nous l'avons acheté dans les règles et il nous aurait rapporté gros. En quoi est-ce une chance ?

— C'est un livre maudit, dit Eli sérieusement sans une once de plaisanterie. Le livre blanc, il a une réputation. Le vieux collectionneur l'avait volé et ça l'a tué. Maintenant, il a de nouveau été volé et il ne lui faudra pas longtemps pour réapparaître. Il n'aime pas être dérobé. Peu importe ce que vous faites, n'essayez pas de le voler à votre tour.

Lex fronça les sourcils. Si son avertissement était sincère, il devait signifier que poursuivre un voleur pouvait être dangereux. Il ne croyait pas vraiment dans tout ce charabia occulte.

— Savez-vous quelque chose sur la personne qui l'a pris ? demanda-t-elle. C'était vous ?

— Je ne toucherais pas un livre maudit, même si on me payait, répondit Eli en reculant pour fermer la porte. Soyez contente d'y avoir survécu, Alexis. Si un jour vous voulez célébrer le fait d'être toujours en vie, vous savez où me trouver.

Il lui ferma la porte au nez avec un clin d'œil. Elle se retrouva sur le pas de la porte, déconcertée, ne sachant plus où emmener le chat pour trouver des réponses.

Lex traversa les routes sinueuses et les chemins de traverse d'Incanton avant de tourner sur l'une des rues principales. Mais elle s'arrêta, surprise. La rue était bondée, la foule était rassemblée sur les trottoirs et regardait la route en criant. Il fallut un moment à Lex pour se souvenir de la date. C'était le premier jour du Festival de l'Été. Ce qui signifiait que la route principale qui traversait Incanton était bloquée par la parade.

Lex se figea.

Non, ce n'était pas possible, mais…

Elle aurait pu jurer que l'homme en face d'elle était… son père !

CHAPITRE DIX-HUIT

Lex cligna des yeux, le cœur battant à tout rompre. Sa vision s'était un peu améliorée. Tout ce stress l'avait rendue folle. Elle avait cru que le client du stand le plus proche était son père. Mais c'était juste un inconnu d'âge moyen, barbu, qui parlait avec la commerçante. Celle-ci portait différentes couches de soie colorée, et son turban était orné de pierres précieuses.

Lex soupira. Ce n'était peut-être pas tant de la folie que de la culpabilité. Avec ce vol de livre, elle n'avait pas eu l'occasion de poursuivre son enquête sur la disparition de son père. Il se passait toujours quelque chose à Incanton. Était-ce toujours comme ça dans les petites villes ? En tout cas, si ça continuait comme ça, elle n'arriverait jamais à progresser dans sa quête. À chaque fois qu'elle obtenait un semblant d'information, quelque chose se mettait en travers de son chemin.

Et il ne manquait plus que ce défilé. Un blocage qui allait l'empêcher de retourner à *La Curieuse Librairie*. Elle allait devoir passer par l'extérieur de la ville. Ça risquait de lui prendre un temps fou et elle ne savait pas si Montgomery fermerait à l'heure. Il allait peut-être partir plus tôt pour profiter du festival.

Lex regarda Hécate et soupira de nouveau.

— Je ne veux pas te perdre dans la foule, dit-elle en s'accroupissant près du chat. Si tu te fais piétiner, Montgomery ne me le pardonnera jamais. Qu'en penses-tu ? Prête à te faire porter comme une reine ?

Les yeux verts d'Hécate la fixèrent un long moment. Enfin, le chat avança et frotta sa tête contre les mains de Lex. Elle comprit le message et lui caressa les oreilles avant de la prendre doucement dans ses bras et de se relever. Elle fit une courte pause pour s'assurer que le chat n'allait pas sauter ou sortir ses griffes. Lorsqu'elle fut convaincue que tout irait bien, en dehors du poids du chat et de la chaleur qu'il dégageait sous le soleil de plomb, elle continua de marcher.

Tout bien considéré, c'était une journée de perdue. Le livre était toujours introuvable, et Lex n'avait trouvé aucun suspect viable, malgré l'aide d'Hécate. Finalement, tout ce qu'elle avait fait, c'était abandonner Montgomery tandis qu'il paniquait et embarquer son chat adoré. Elle le vivait plutôt mal maintenant qu'elle y pensait.

Lex se faufila entre plusieurs personnes pour se trouver une place vide afin d'observer la parade. Elle essaya de deviner combien de temps elle durerait. Un char passait en ce moment même devant elle. Il était peint en couleurs pastel, comme les magasins du front de mer. Une femme que Lex ne reconnaissait pas était assise sur un fauteuil déguisé en trône de coquillage. En y regardant de plus près, c'était une adolescente avec beaucoup de maquillage portant une fausse queue de sirène sur ses jambes. Elle faisait signe à la foule et souriait. Les bijoux de sa couronne en argent clignotaient. La foule applaudissait sur son passage tandis que les deux hommes en short de bain qui l'accompagnaient jetaient des bonbons.

Lex grimaça lorsqu'une poignée de friandises arriva sur elle et recula pour que cela ne lui tombe pas dessus. Elle regarda de travers le garçon qui les avait jetées. Ne voyait-il pas qu'elle avait les mains prises ? Apparemment pas puisqu'il était occupé à montrer ses muscles à une fille un peu plus loin dans la foule.

Derrière se trouvait un autre char recouvert de planches et de filets accompagnés de cannes-à-pêche et d'hameçons. Au bout de chacune d'elles se trouvait un poisson en peluche. La pancarte à l'arrière faisait la pub du magasin d'hameçons en ville. Debout sur le char se trouvait un homme avec une canne à pêche. Il récupérait d'autres peluches dans un seau et les accrochait à une canne avant de les lancer vers la foule où les enfants les retiraient du crochet avec envie.

Plus loin dans la rue, Lex pouvait encore voir plusieurs chars. L'un d'eux avait au-dessus de lui ce qui ressemblait à un nuage de paillettes. Même si Lex était vraiment curieuse de voir comment il allait maintenir ce nuage durant toute la durée du défilé, elle préférait de loin traverser la rue. Les gens à l'angle tendaient le cou pour voir au-delà du nuage, donc elle devina que ce n'était pas le dernier char. En plus de ça, ils se déplaçaient très lentement.

— Excusez-moi, murmura-t-elle à un autre spectateur près d'elle. Savez-vous combien de temps dure le défilé ?

— Oh, au moins deux bonnes heures, dit la femme, une mère américaine typique aux cheveux bruns. Vous avez de la chance. Vous n'avez raté que les dix premières minutes.

Lex grogna intérieurement. La route serait encore barrée bien après l'heure de fermeture de *La Curieuse Librairie*.

— Que vais-je faire de toi ? demanda-t-elle à Hécate en reprenant sa marche.

Un peu plus loin, le chemin était presque entièrement bloqué par des glaciers ambulants. Même si la simple pensée d'une glace la faisait saliver, Lex continua d'avancer.

Elle vit que la route était bloquée jusqu'à *Déjà Bu,* et même au-delà. Elle devait admettre sa défaite. Les affiches indiquant le trajet du défilé étaient en place depuis des semaines. Lex aurait dû faire plus attention. Si elle l'avait su, elle serait rentrée plus tôt de Marshfield et aurait reprogrammé sa visite chez Eli demain matin. Maintenant, il n'y avait plus rien à faire.

Au moins, le passage jusqu'à *Déjà Bu* était dégagé. Elle pourrait y aller, prendre un rafraîchissement, et peut-être un peu d'eau ou de lait pour le chat. Puis elle pourrait mettre Hécate dans son appartement pour la mettre en sécurité. Et elle retournerait au magasin une fois le défilé terminé. Peut-être même qu'elle pourrait regarder la parade depuis sa fenêtre. Ce serait toujours mieux qu'ici en plein soleil.

Lex y était presque, et les portes de *Déjà Bu* lui tendaient les bras lorsqu'Hécate commença à se débattre. Le premier instinct de Lex fut de la serrer plus fort, mais le chat avait les muscles sculptés et la fourrure trop lisse et trop glissante pour se laisser emprisonner. Elle sauta vite par terre avant de détaler. Son corps noir sautillant tandis que ses jambes fonçaient. Elle disparut à l'angle d'une rue.

Primo elle avait quitté son travail, deuzio elle n'avait pas réussi à récupérer le livre et maintenant, pour couronner le tout, elle allait perdre le chat adoré de Montgomery. Lex se mit à courir, déterminée à ne pas perdre de vue Hécate et faire encore empirer la situation. Elle passerait le reste de la journée voir la nuit à la chercher si besoin.

Lex suivit Hécate dans l'allée qui menait à l'escalier de son appartement. Elle se trouvait là. Lex se jeta en avant pour l'attraper. Mais elle s'arrêta en réalisant sur quoi le chat se tenait. Un corps tordu et replié était étendu dans l'allée. Lex resta là quelques instants, incapable de respirer. Tout son corps tremblait. Le bruit du défilé derrière elle lui paraissait maintenant incongru et déplacé.

Le chat s'était figé, sa tête penchée vers la silhouette au sol. Alors que Lex l'observait, Hécate leva les yeux et croisa son regard avant de reculer comme pour signifier que c'était grave.

Lex reprit sa respiration. Elle ne pouvait pas rester à rien faire. Il fallait vérifier si la personne allait bien. Elle s'élança de nouveau et s'arrêta au-dessus du corps. C'était un homme, réalisa-t-elle, un homme qu'elle connaissait. Jeffrey Schreck. Mon Dieu, pensa-t-elle. On aurait dit un film d'horreur. Pas lui. Ça ne pouvait pas être lui. Elle posa deux doigts sur son cou et chercha désespérément son pouls.

Aucun mouvement. Elle n'était peut-être pas au bon endroit. Lex bougea sa main et leva légèrement la tête de Schreck pour essayer un autre angle. C'est là qu'elle le vit. L'arrière de sa tête. La fine mèche n'était pas suffisante pour cacher le sang, ni même l'éclat blanc de l'os. Le tout était positionné dans un angle qui n'envoyait qu'un seul message au cerveau de Lex : *très mauvais signe.* Elle lâcha sa tête avec un cri qui fut étouffé par le bruit du festival. Ses mains tremblaient violemment. Elle recula avec un poids terrible sur l'estomac.

Quelqu'un lui avait éclaté le crâne et l'avait laissé mourir dans cette allée.

CHAPITRE DIX-NEUF

Lex haletait et faisait de son mieux pour ne pas vomir. C'était la deuxième fois qu'elle était face à un cadavre, mais ce n'était pas moins choquant que la première. Lorsqu'elle eut la présence d'esprit de chercher Hécate, elle la trouva à ses pieds. Lex avait reculé loin du corps sans réfléchir au fait qu'un animal devait être éloigné de ce genre de scène de crime. Cependant, Hécate paraissait plus inquiétée par l'état de Lex. Elle se frottait contre sa jambe et l'observait.

— Je vais bien.

Lex faisait semblant de rassurer le chat, mais c'était surtout elle qui avait besoin de se l'entendre dire. Elle allait en tout cas mieux que Jeffrey Schreck.

Lex regarda au bout de l'allée. Puisque la route faisait partie du trajet de la parade, tout le monde lui tournait le dos. Personne ne prêtait attention à l'allée. Lex prit une profonde inspiration et s'assit par terre, dos au corps. Elle ferait office de barrière entre lui et les habitants de la ville, et pourrait ainsi arrêter les personnes qui venaient dans cette direction sans avoir à regarder le cadavre.

Lex savait ce qu'elle avait à faire. Elle composa le 911 et expliqua les détails au standardiste tout en prenant de grandes inspirations. Il faisait beaucoup plus chaud et il était beaucoup plus difficile de respirer qu'auparavant. Hécate était assise juste devant elle, sa queue enroulée autour du genou de Lex pour faire barrière au reste du monde. De la même façon, Lex faisait barrage à Jeffrey Schreck.

Elle se concentra sur la foule pour ne pas vomir. Pas un seul d'entre eux ne se retourna pour jeter un œil dans l'allée et Lex en était reconnaissante. La dernière chose dont elle avait besoin était que quelqu'un vienne lui demander pourquoi elle était assise par terre. Mais en cet instant, elle ne faisait pas confiance à ses jambes pour soutenir son poids.

La seule chose sur laquelle elle arrivait à se concentrer en attendant la police était simple. Tout son esprit était focalisé sur une question qui tournait en boucle dans sa tête sans avoir de réponse. Que faisait Jeffrey

Schreck à Incanton ? Et surtout, que faisait-il dans l'allée qui menait directement à sa porte.

Lex réussit à se relever en apercevant la silhouette de la détective Rosa Santos. Sa chevelure blonde était reconnaissable dans l'embouchure de l'allée. Elle ne savait pas si elle devait être soulagée ou anxieuse de voir la détective Santos. La même femme qui avait interrogé Lex sur le dernier cadavre qu'elle avait trouvé. Lex avait été à ce moment-là suspectée. Elle avait le mauvais pressentiment que l'histoire était sur le point de se répéter.

— Détective, dit-elle en guise de salutation, tout en faisant un geste derrière elle sans regarder. Il est là.

Santos fit signe aux deux policiers en uniforme qui étaient venus avec elle. Ils se dirigèrent rapidement vers le corps pour l'examiner. La détective portait son badge autour de son cou. Il renvoyait la lumière du soleil et contrastait avec son t-shirt bleu et sa peau hâlée.

— C'est vous qui avez trouvé le corps, Mademoiselle Blair ?

Lex acquiesça.

— Je vis juste en haut, dit-elle.

Elle se tourna pour montrer sa porte, mais le regretta aussitôt. Cette action avait placé Schreck dans son champ de vision et elle sentit son estomac se retourner de nouveau.

— J'étais en train de rentrer chez moi, et je me suis dit que j'allais prendre un café d'abord lorsque le chat s'est enfui. Je lui ai couru après et c'est là que j'ai trouvé le corps.

— Le chat ? demanda Santos.

Elle haussa un sourcil et regarda Hécate. Le chat s'était enroulé autour de la jambe de Lex et ne bougeait pas. On aurait pu croire qu'elle la protégeait.

— Que faisiez-vous avec un chat dans cette foule ?

— Pour être honnête, Hécate n'en fait un peu qu'à sa tête, répondit Lex.

Elle ne pensait pas que c'était un détail important, mais elle était reconnaissante que Santos lui pose des questions. Cela lui permettait d'oublier le corps.

La détective regarda derrière Lex. Celle-ci se rendit compte que Santos réagissait à un regard ou un signe de ses collègues.

— D'accord, restez ici, dit-elle. Nous allons devoir installer un ruban pour fermer l'allée et commencer à récolter des témoignages. Je reviens vers vous rapidement.

Lex acquiesça et se plaça dans un coin de l'allée contre le mur extérieur de *Déjà Bu* tandis que Santos passait à l'action. La détective parla dans sa radio, ses longs cheveux se balançant lorsqu'elle bougeait. Avec l'aide de l'un des officiers, elle commença à regrouper des personnes de la foule qui étaient proches. L'autre officier déroula le ruban de police bleu et blanc en haut de l'allée. Lex se retrouva coincée dans la scène de crime.

Elle se retourna et battit en retraite vers les escaliers qui menaient à son appartement. Au moins, assise ici, elle avait vu sur la parade et non plus sur le corps sans vie. Elle sortit son téléphone de sa poche tandis qu'Hécate s'installait sur la marche en dessous d'elle. Le chat étira son corps sur la pierre chauffée par le soleil. Elle composa le numéro et mit le portable à son oreille, le souffle coupé.

— Bonjour, ici Montgomery David de *La Curieuse Librairie*. Comment puis-je vous aider ?

Lex ferma les yeux de soulagement. Il n'était pas rentré chez lui.

— Montgomery, c'est moi... Lex. Je suis désolé de ne pas être encore revenue.

— Balivernes, balivernes. Vous travaillez à l'extérieur, dit Montgomery.

Il avait l'air plus en forme qu'elle ne l'aurait cru. Peut-être qu'il essayait juste de donner le change.

— J'ai une mauvaise nouvelle, dit Lex. Enfin, plusieurs mauvaises nouvelles. Tout d'abord, je ne crois pas que... M. Schreck soit notre voleur. En fait, je n'ai aucun suspect.

Elle préférait rester polie et ne voulait pas parler du défunt en l'appelant par son prénom. Peut-être que Montgomery avait déteint sur elle.

— Ce n'est rien, dit Montgomery. Vous avez fait de votre mieux, j'en suis certain, certain. Nous pouvons nous reposer et repartir de zéro demain.

— Attendez, dit Lex avant qu'il ne devienne trop optimiste. Ce n'est pas tout. J'ai été bloqué par la parade, du coup je voulais rentrer chez moi en attendant de pouvoir vous ramener Hécate. Euh... je ne sais pas si vous avez remarqué, mais elle est montée avec moi dans la voiture.

Montgomery laissa échapper un rire.

— Oh, je me demandais où était passée cette petite diablesse. Elle vous aide à chercher le livre, je suppose ?

Lex sourit en y pensant.

— Peut-être bien. Mais pendant que je rentrais, je… l'ai trouvé. M. Schreck. Ou du moins, son corps.

Il y eut un silence à l'autre bout du fil.

— Son corps ? demanda doucement Montgomery après quelques secondes.

— Oui, dit Lex. J'ai bien peur qu'il soit mort.

— Et moi j'ai bien peur que vous ne devriez en parler qu'à moi, intervint la détective Santos qui venait d'arriver devant Lex.

Elle leva les yeux. Distraite par la réaction de Montgomery face à la nouvelle, elle ne s'était pas rendu compte qu'elle s'était focalisée sur la conversation. Lex avait délibérément fixé le mur droit devant plutôt que la scène qui se déroulait en dessous.

— Raccrochez, Alexis Blair. J'ai des questions à vous poser.

— Je dois y aller, dit rapidement Lex

Elle aurait préféré rester en ligne. Parler avec Montgomery était réconfortant. C'était l'un de ses repères dans cette nouvelle ville, quelqu'un sur qui elle pouvait compter.

— Hécate est encore avec moi et elle va bien. Je ne sais pas quand je pourrais vous la ramener.

Elle raccrocha sous l'œil vigilant de Santos et se renfrogna. Cet appel lui avait créé encore plus de problèmes. Apparemment, elle n'était bonne à rien aujourd'hui.

— Vous feriez mieux de tout me raconter, dit la détective Santos. Avez-vous vu quelqu'un lorsque vous avez trouvé le corps ?

Elle était en équilibre face à Lex, un genou posé sur les marches pour lui servir de table et son stylo planait au-dessus de son calepin.

— Juste des gens qui regardaient le défilé, répondit Lex. Personne ne semblait regarder par ici et je n'ai vu personne dans l'allée. Juste… lui.

Elle leva les yeux et remarqua que le ruban de la scène de crime avait commencé à attirer l'attention des passants. La parade avait été arrêtée et les gens commençaient à se rassembler à l'embouchure de l'allée.

— Connaissiez-vous la victime ? Qui est-ce ? demanda Santos.

Lex inspira profondément et acquiesça. Il n'y avait pas d'alternatives. Elle ne pouvait pas mentir. Les gens l'avaient vu interagir avec la victime. Plusieurs personnes, dans des endroits différents. De plus, il serait vite évident que c'était un libraire concurrent. Elle devait dire toute la vérité avant que Santos ne l'entende de quelqu'un d'autre et l'interprète de la mauvaise façon.

— Son nom est Jeffrey Schreck, dit-elle. Il tient une librairie à Marshfield appelée *C'est l'Occasion ou Jamais*.

Elle lui raconta tout, de leur première rencontre la veille à leur dernière, quelques heures auparavant. La seule chose qu'elle omit de dire fut la disparition du livre. Lex se souvint à quel point c'était important pour Montgomery que la police ne soit pas impliquée. Elle ne mentionna que l'ardeur de Schreck à affirmer que le livre lui appartenait, le fait qu'ils s'étaient disputés, mais qu'elle n'avait jamais eu la preuve de sa possession.

Une fois l'interrogatoire terminé, la détective ferma son calepin avec un soupir et un regard lourd de reproches.

— Je n'arrive pas à croire que nous sommes de nouveau dans cette situation, Mademoiselle Blair. Je vais devoir vous demander de rester à Incanton pour le moment.

— Je suis encore suspecte ? demanda Lex, étourdie d'horreur.

Cela devenait presque une habitude, le genre de choses qui pouvaient arriver à tout moment.

— Eh bien, c'est sans doute un meurtre à en juger par les blessures à l'arrière de son crâne. Nous sommes plutôt certains qu'il s'agisse de la cause du décès, répondit Santos. Non seulement c'est vous qui l'avez trouvé, mais vous avez récemment eu une altercation avec lui. Alors oui, je vous garde sur la liste des suspects.

— Vu comme ça, murmura Lex.

Elle ne pouvait pas vraiment en vouloir à la détective de faire son travail. D'un point de vue extérieur, la situation était suspecte. Mais c'était dur d'accepter d'être celle qui était accusée.

— D'un autre côté, poursuivit Santos, il n'y a aucune preuve qui indique que vous l'avez tué. Et puisque nous avons déjà été dans cette situation, je suis un peu confuse. Une partie de moi veut vous faire confiance parce que vous étiez innocente la dernière fois.

— Et l'autre partie ? demanda Lex.

Elle n'était pas sûre de vouloir le savoir, mais elle ne put s'empêcher de demander.

— L'autre partie, c'est que dans le crime, il n'y a pas de coïncidences, continua Santos. Je récapitule. Découvrir un meurtre ce n'est pas de chance. Deux, cela commence à devenir une habitude. Et trois, eh bien... n'allons pas jusqu'à trois.

106

— J'aurais préféré ne pas en voir un deuxième, répondit Lex.

Elle regarda involontairement le corps entouré d'étiquettes jaunes et frissonna.

— Ni même un seul, si j'avais eu le choix.

— Peu importe, intervint Santos en se détournant pour retourner faire son devoir. N'essayez pas d'enquêter par vous-même, Alexis. Je ne veux pas encore devoir me retrouver à vous sauver la vie.

Mais alors que la détective s'en allait, Lex ne put s'empêcher de réfléchir. Qu'était-elle censée faire ? Rester là à ne rien faire alors qu'elle était accusée de meurtre ? Surtout que Montgomery et elle devaient régler cette histoire de livre. Peut-être que tout était lié et qu'ils étaient en danger.

Elle était certaine d'une chose, elle n'allait certainement pas rester les bras croisés alors qu'il y avait un mystère à résoudre et un cadavre en plein milieu de celui-ci.

CHAPITRE VINGT

Lex venait de se lever pour rejoindre son appartement et se demandait comment inciter Hécate à la suivre. Mais une voix l'interpella depuis l'autre côté du ruban.

Lex leva les yeux et reconnut facilement Montgomery dans son gilet orange qui détonnait parmi les autres personnes de la foule. Il ne portait pas de veste à cause de la chaleur et sa chemise se voyait de très loin. Elle était brodée de petits fruits qui ressemblaient de loin à des points multicolores. Lex réalisa qu'il y avait d'autres visages familiers. Un policier était en train de parler doucement à certains clients de la boutique et à Cassie. Celle-ci croisa le regard de Lex et lui adressa un signe de tête solennel.

Lex lui répondit pour montrer qu'elle allait bien, et reprit Hécate dans ses bras. Le chat se laissa faire sans résister. Elle descendit les marches pour aller à la rencontre de Montgomery qui se disputait avec un autre policier. Ils étaient maintenant plusieurs à être arrivés pour maintenir l'intégrité de la scène de crime. Son patron exigeait d'être autorisé à passer de l'autre côté de la barrière lorsqu'elle arriva.

— C'est bon, dit-elle en s'arrêtant de l'autre côté du ruban. Je suis là. Vous vouliez récupérer Hécate ?

— Je voulais voir si vous alliez bien, Mademoiselle Blair, dit Montgomery, les yeux tristes. Vous avez vu quelque chose d'horrible aujourd'hui.

Lex jeta un regard par-dessus son épaule, mais le corps de Jeffrey Schreck avait été recouvert d'une bâche pour préserver son intimité.

— C'est vrai, dit-elle.

Lex hésita puis lui tendit Hécate par-dessus la barrière. La boule de poils lui manqua instantanément même si elle lui avait donné chaud.

— Tenez, vous pouvez la reprendre. J'avais peur qu'elle ne veuille pas me suivre.

Montgomery récupéra Hécate comme si c'était un trésor. Dès que le chat arriva dans ses bras, elle s'échappa pour venir s'installer sur ses épaules, telle une écharpe vivante.

— C'est vraiment horrible, dit Montgomery en secouant tristement la tête. Horrible, horrible. Surtout dans notre communauté.

Lex voulut mentionner l'absence évidente d'affection entre les deux rivaux, mais son patron avait l'air sincèrement désolé. C'était quelqu'un de bien. Le genre d'hommes qui ne souhaitait de mal à personne, pas même à ceux qui lui causaient du tort.

— Avez-vous découvert autre chose aujourd'hui ? demanda-t-elle. Un indice laissé dans le magasin… ?

Montgomery leva les yeux vers les officiers de police autour d'eux avec inquiétude. Celui qui avait essayé de l'empêcher de passer la barrière s'était éloigné maintenant que Montgomery ne représentait plus de menace. Mais il restait tout même proche d'eux.

— Vous leur avez parlé de… ?

Lex comprit immédiatement.

— Je les ai informés que, selon ses dires, Schreck avait des droits sur le livre.

Elle exagéra délibérément ses mots pour qu'il comprenne qu'elle n'en avait pas dit davantage.

— Je leur ai parlé de la dispute dans la boutique et aussi de la visite que je lui ai rendu cet après-midi, poursuivit-elle.

Montgomery hocha la tête reconnaissait.

— Je n'ai rien trouvé d'autre. Et, euh, je suppose que le livre n'était pas sur la scène du crime ? Vous me l'auriez déjà annoncé, je suppose, je suppose.

— Rien en vue, confirma Lex.

Pour tout dire, elle n'avait pas mené de fouille approfondie du cadavre. Elle n'en avait pas besoin. Un objet aussi imposant que le livre blanc aurait été visible. Surtout que M. Schreck ne portait qu'une chemise blanche et un pantalon noir. Il n'avait pas de veste ni de valise pour le cacher.

— Quelle horrible, horrible tragédie, soupira Montgomery pour conclure.

Mais Lex avait encore des questions. Des choses qu'elle n'avait pas comprises aujourd'hui.

— Lorsque je lui ai parlé tout à l'heure, il a dit quelque chose d'étrange. Il m'a dit d'avertir notre assemblée du vol du livre blanc car il pouvait être très dangereux. Savez-vous ce qu'il entendait par là ?

Montgomery fronça les sourcils et secoua la tête.

— Grand Dieu, non, non. On dirait du charabia.

— Je me suis dit qu'il faisait peut-être référence à nos clients lorsqu'il a parlé d'assemblée, ajouta Lex. Ça vous paraît logique ? Est-ce une sorte de jargon que je n'ai jamais entendu auparavant ?

Montgomery haussa les épaules et caressa machinalement le cou d'Hécate.

— J'ai bien peur de ne pas savoir quoi vous répondre. Il aurait pu parler de n'importe quoi. Il était assez excentrique. Non pas que je veuille dire du mal des morts.

Lex se mordit la lèvre car Montgomery lui-même s'était révélé des plus excentriques. Elle acquiesça.

— Je ferais mieux de rentrer, dit-elle. Je ne pense pas que la parade reprendra avant la fin de soirée et la journée a été… longue.

— Bien sûr, bien sûr ! s'exclama Montgomery. Au moins, demain, c'est dimanche, donc vous n'avez pas besoin de venir travailler. Je vous vois lundi. Si vous vous sentez bien...

— Je serais là, promit Lex.

Elle n'avait aucune intention de manquer une journée. Encore moins avec un tel mystère à résoudre. Surtout qu'il semblait tourner autour du livre et des avertissements qui l'entouraient.

Lex se retourna vers les marches de son appartement. Au moins, elle était du bon côté de la barrière et pouvait rentrer chez elle pour se reposer. Elle détourna les yeux de l'endroit où des personnes en combinaisons blanches commençaient l'examen médical. Mais les mots d'Eli résonnaient dans son esprit. Le livre blanc avait causé la mort de son dernier propriétaire et maintenant, la vie du voleur était en danger.

Elle réprima un frisson et se dépêcha de regagner sa porte pour pouvoir la refermer et mettre tout cela derrière elle.

Le son des vagues par-delà sa fenêtre était habituellement aussi relaxant qu' une berceuse. Mais ce soir, il ne faisait qu'entretenir le flot des pensées qui parcouraient inlassablement son esprit. De plus, elle pouvait encore entendre l'agitation dehors, les gens rassemblés autour du cadavre de Jeffrey Schreck.

Le son de la climatisation qui démarrait fit bondir Lex et palpiter son cœur. Elle posa ses mains sur sa poitrine et essaya de respirer profondément pour se calmer. Elle ne savait pas du tout pourquoi Jeffrey Schreck se trouvait à Incanton. Ni comment il avait découvert son adresse. Était-elle en danger ? Essayait-il de venir la voir ? Le tueur voulait-il le livre à tout prix ? Si c'était le cas, il l'attaquerait peut-être… Il pouvait même déjà être ici…

Lex parcourut rapidement les quelques pièces de son appartement et fut soulagée de réaliser qu'il n'y avait pas de danger immédiat. Et puis, elle n'était même pas certaine qu'il soit mort à cause du livre. De ce qu'elle avait vu, Jeffrey Schreck n'était pas un homme particulièrement plaisant. Il avait peut-être insulté la mauvaise personne. Ou il avait fait pression sur quelqu'un, et cela s'était retourné contre lui.

Dehors, sous sa porte, se trouvait une scène de crime. Tellement proche. Et pourtant, elle n'avait pas le droit de savoir quoi que ce soit sur l'enquête. Non seulement, elle était suspectée, mais la police ne lui dirait rien, même si elle était innocente. Elle ne pouvait pas vivre ainsi, à sursauter au moindre bruit. Il fallait que le tueur soit attrapé pour qu'elle se sente en sécurité. Et surtout pour que la ville ne la prenne pas de nouveau pour une meurtrière.

Il y avait une autre question qui remontait à la surface comme un morceau de bois en pleine tempête, peu importe le nombre de fois qu'elle essayait de la repousser. La question des paroles d'Eli. Le livre était-il vraiment maudit ? La malédiction avait-elle frappé Jeffrey Schreck ?

C'était une théorie que Lex ne dévoilerait jamais au grand jour. Mais la nuit, lorsque le souvenir du crâne fendu dans ses mains revenait la hanter, Lex n'arrivait pas à s'en débarrasser.

Avec tout ce qui lui était arrivé dernièrement, elle commençait à devenir parano et envisageait des concepts, comme la chance, qui ne lui seraient jamais venus à l'idée auparavant. Mais tandis qu'elle se tournait et se retournait dans son lit pour essayer de trouver le sommeil et d'oublier cette histoire, Lex était certaine d'une chose.

Elle ne dormirait pas sur ses deux oreilles sans obtenir certaines réponses. Elle était déterminée à les trouver au plus tôt, et son esprit cherchait déjà la première étape.

CHAPITRE VINGT-ET-UN

Lex se réveilla fatiguée, mais absolument déterminée. Elle avait décidé dans l'obscurité de la nuit de prendre la situation en main. Elle allait devoir résoudre ce meurtre seule afin de prouver son innocence. Et aussi démontrer que les superstitions stupides s'écroulaient toujours face à la logique.

Il y avait une explication à tout. Si ça ressemblait à de la magie, c'était simplement que la science ne l'avait pas encore expliqué.

Ne pas avoir à travailler était une bénédiction, car elle aurait le temps d'enquêter. Elle pouvait commencer par l'endroit le plus proche de son appartement : la scène de crime. Jeffrey Schreck était à Incanton, donc il avait forcément croisé des habitants et était passé devant les boutiques. Il pouvait même être entré dans certaines. Lex savait exactement par où commencer.

Elle attrapa ses chaussures et se dirigea en dessous, au café. Cassie devait être arrivée et puisqu'elle était en service hier, elle avait peut-être vu quelque chose d'important.

Le café était comme toujours animé et l'ajout des banderoles du festival le rendait festif et coloré. Cassie avait épinglé un parapluie de cocktail bleu dans ses cheveux roux ce qui lui donnait un look coquet en accord avec le décor. Elle était occupée à servir au comptoir. Lex se mit en quête d'une table libre pour l'attendre, prendre un café et un encas.

Les habitués du café étaient là en masse. Lex reconnut quelques visages familiers, certains déjà croisés ici et d'autres à la librairie. En temps normal, ils l'auraient saluée et adressée un sourire. Les gens d'Incanton étaient toujours accueillants même s'ils avaient leurs excentricités.

Mais ce matin, l'ambiance était différente. Personne ne leva la tête de sa boisson sur son passage, et ceux assis au comptoir lui tournaient complètement le dos sans même lui accorder un regard. C'était un peu étrange, mais elle ne fut pas particulièrement surprise. L'interruption du défilé la veille avait été assez morose et inattendue. Alors ce n'était pas étonnant que les habitants ne soient pas d'humeur à faire la fête ce matin.

Lex vit à l'une des tables Jack, son client intéressé par la culture des herbes. Il la regarda lorsqu'elle passa près de lui et sembla se figer. Lex sourit et leva la main pour lui faire signe, mais Jack baissa immédiatement les yeux vers le livre qu'il lisait. Il lissa sa cravate multicolore comme s'il était nerveux. Lex s'assit quelques tables plus loin, perplexe.

Les gens savaient-ils déjà que c'était elle qui avait trouvé le corps ? Les habitants d'Incanton faisaient-ils courir la rumeur que c'était elle la meurtrière ? Il n'y avait pas d'autres raisons pour que Jack soit aussi froid. Elle n'avait en tout cas rien fait pour le contrarier, le blesser ou le gêner lors de leur dernière discussion. Non ?

Lex essaya de se débarrasser de cette étrange sensation et s'assit. Elle savait que Cassie allait éventuellement venir près de sa table. Il ne lui fallut pas longtemps. Après moins de dix minutes, Cassie apparut tandis que Lex listait ses questions sur son téléphone. Son amie avait posé devant elle une boisson aux fruits rouges et une part de gâteau au citron.

— Je n'ai rien commandé, protesta Lex.

Elle savait que Cassie essayait une nouvelle fois de lui offrir le déjeuner par pure générosité. Même si elle était reconnaissante de l'attention, Lex avait l'impression de grignoter les bénéfices de Cassie. Son amie lui avait offert bien plus de consommations qu'elle n'en avait payé.

— Je sais, mais tu as l'air d'en avoir besoin, dit Cassie.

Elle se glissa dans la chaise en face de Lex et lui fit un clin d'œil.

— Je peux faire une pause de cinq minutes. Je me suis dit que si tu étais venu t'asseoir, c'était pour discuter.

Lex sourit.

— Tu me connais trop bien, plaisanta-t-elle.

— Tu es comme un livre ouvert, confirma Cassie. Elle poussa le gâteau un peu plus près de Lex pour l'inviter à en manger. Qu'y a-t-il ? C'est à propos du meurtre ?

— C'était vraiment horrible, soupira Lex. J'allais venir ici pour prendre un verre, mais je me suis retrouvée dans l'allée et il était là.

— J'ai entendu que c'était toi qui l'avais trouvé, dit Cassie.

Voilà qui confirmait la raison de la froideur des gens ce matin. Les suspicions se dirigeaient de nouveau vers Lex. Pourtant, elle ne pouvait s'empêcher de trouver cela bizarre qu'une personne comme Jack qui la connaissait puisse y croire.

— Tu n'as vraiment pas de chance, Lex. Le connaissais-tu ? Il y a pas mal de rumeurs qui circulent, mais personne ne sait vraiment.

Lex acquiesça.

— Jeffrey Schreck. Tu le connais ?

Cassie secoua la tête.

— Il n'est pas d'ici, si ?

— Il habite à Marshfield.

Lex hésita puis fit une recherche sur son téléphone. Elle avait le sentiment que Schreck était le genre de personne à vouloir se faire autant de pub que possible. Elle ne fut pas déçue. Une photo de lui apparut immédiatement. Il était devant sa librairie et souriait, les bras croisés.

— Le voilà. Tu le reconnais ?

Cassie regarda la photo et sursauta.

— Oh oui, il était ici hier soir. Il a dû venir juste avant de… mon Dieu. Je n'y crois pas. Un de mes clients sort d'ici et se fait assassiner…

— Tu le reconnais ? demanda Lex. Il était à la vente.

Cassie secoua la tête.

— Il y était ? Je ne m'en souviens pas.

— Il criait sur le superviseur.

— Oh.

Cassie la regarda, étonnée.

— C'était lui ? Je ne l'ai vu que de dos et il criait alors qu'hier, il parlait normalement. Oh… oh, Lex, tu ne penses pas que je sois la dernière à l'avoir vu vivant ?

— En dehors du tueur, répondit Lex. C'est assez probable. Tu n'as rien vu d'autre ? Quelqu'un qui le surveillait, qui lui parlait ou même le suivait ?

— Non, dit Cassie, les sourcils froncés, en secouant la tête. C'était très animé hier, j'avais à peine le temps de me poser. Je ne faisais pas particulièrement attention, et bien sûr il y avait beaucoup de touristes venus pour le défilé. Je n'ai pas réfléchi. Il aurait pu y avoir beaucoup de personnes suspectes ici et je ne suis pas certaine que je les aurais remarqués.

— C'est dommage, soupira Lex. Je ne sais pas vraiment où chercher, mais je dois trouver qui a fait ça. Pour que l'attention se détourne à nouveau de moi.

Cassie lui lança un regard compatissant et tapa le dos de sa main.

— Je suis sûre que personne ne te croit coupable, dit-elle. Les gens ici commencent doucement à te connaître. Ils vont comprendre que tu ne ferais pas de mal à une mouche.

— Peut-être, répondit Lex.

Elle regarda autour de sa table. Comme tout à l'heure, les clients furent soudainement très intéressés par leurs consommations. Lex prit sa fourchette et coupa une bouchée du gâteau au citron, laissant les saveurs exploser sur sa langue. Le gâteau moelleux parsemé de graines de sésame la réconforta un petit peu, mais pas suffisamment.

— Mais je ne comprends pas pourquoi il était dans l'allée qui mène à mon appartement. Ça me paraît être trop gros pour être une coïncidence. J'essaie de découvrir pourquoi il était ici et ce qu'il faisait.

— Je vais t'envoyer Meghan, suggéra Cassie. Elle travaillait avec moi hier soir et elle a peut-être vu quelque chose.

Lex hocha la tête, même si elle commençait à perdre espoir.

— Merci, dit-elle.

Elle prit quelques autres morceaux du délicieux gâteau et savoura le glaçage crémeux sur le dessus. Chaque bouchée était un morceau de paradis. La boisson aux fruits rouges qui l'accompagnait se mariait parfaitement avec la pâtisserie. L'acidité et la douceur des deux se complétaient et lui redonnaient le sourire après cette nuit compliquée.

Elle était presque perdue dans les saveurs et le sucre qui calmaient ses nerfs et sa migraine lorsqu'elle remarqua l'approche de Meghan. Elle leva les yeux, impatiente de découvrir le dernier repas de Jeffrey Schreck.

CHAPITRE VINGT-DEUX

— Salut, dit Meghan.

Elle s'assit sur la chaise en face de Lex. Elle était en terminale et c'était son premier boulot à temps partiel. Avec ses cheveux rassemblés en deux couettes, elle avait l'air encore plus jeune. Et à en juger par le maquillage sur ses yeux et son rouge à lèvres, elle essayait de se vieillir. Mais ça ne fonctionnait pas.

— Cass m'a dit que tu voulais me parler ?

— Effectivement, confirma Lex. Tu travaillais ici hier soir ? Je me demandais si tu avais vu cet homme.

Elle fit glisser le téléphone sur la table vers Meghan. La jeune fille se pencha pour voir la photo, ses lèvres bougeaient tandis qu'elle mâchait un chewing-gum.

— Oh, oui. Je me souviens de lui.

Lex se pencha avec intérêt.

— Quelque chose lui est-il arrivé ? A-t-il parlé avec quelqu'un, ou était-il surveillé ?

— C'est à cause de la dispute, c'est ça ? demanda Meghan.

Elle s'enfonça sur sa chaise et croisa les bras sur sa poitrine en même temps que ses jambes.

— La dispute ?

Lex haussa les sourcils.

— Entre lui et le jeune couple. Ils habitent tous les trois hors de la ville. Je ne les avais jamais vus auparavant. Ils étaient assis à deux tables côte à côte, et soudain, ils ont commencé à se disputer.

— As-tu entendu la raison ? demanda Lex.

Meghan secoua la tête, ses couettes se balançant.

— Non, il y avait beaucoup de bruit. Tout le monde parlait. Ils essayaient de ne pas crier, mais ils étaient tous… tu sais ? Limite à se cracher dessus. Le jeune, il tapait sur la table comme ça.

Meghan grimaça de colère et planta encore et encore son doigt sur la table. Lex devina qu'elle exagérait la scène.

— Sais-tu où je pourrais trouver ce jeune couple ? demanda Lex. Ou du moins peux-tu me dire à quoi ils ressemblent ?

— Ils ont dit qu'ils séjournaient en ville le temps du festival, répondit Meghan en réfléchissant intensément. Ils restent à… oh, oui, *Aux berges d'Incanton*. Elle a les cheveux blonds, raides comme des baguettes, et lui a les cheveux bruns et les yeux noirs. Vraiment noirs. On aurait dit le couple parfait du lycée. Il est grand et elle est mignonne, comme un footballeur et une pom-pom girl.

Lex acquiesça et écrivit autant d'informations qu'elle le pouvait dans son calepin. Elle commençait à comprendre pourquoi la détective Santos en avait toujours un sur elle.

— Rien d'autre ?

Meghan haussa les épaules.

— J'sais pas. C'est à peu près tout, je crois.

— Merci, Meghan. Tu m'as bien aidée.

— Je dois retourner travailler maintenant ? demanda-t-elle en espérant visiblement que ce ne soit pas le cas.

— J'en ai peur, lui dit Lex.

Elle vit que Cassie se démenait avec une montagne de commandes.

— On dirait qu'elle a aussi besoin de toi.

Meghan soupira et se releva de sa chaise tandis que Lex récupérait sa fourchette pour terminer son gâteau. Il était bon, mais pas assez pour la distraire de sa mission. Étant donné que Cassie avait eu la clairvoyance de mettre son granité de fruits rouges dans un verre à emporter, Lex l'attrapa et sortit de *Déjà Bu*. Direction *Aux berges d'Incanton*.

Elle avait une piste et elle n'allait pas leur laisser le temps de quitter la ville avant de leur parler.

***

Les rues étaient bondées de touristes et d'habitants. Tous flânaient aux abords des boutiques du front de mer, des vendeurs ambulants autorisés à s'installer et des décorations qui semblaient pendre de partout. Une immense pieuvre gonflable glissait sur le sable et Lex se dépêcha de la dépasser pour prendre le chemin qui menait au phare.

Il y avait un stand au bout de la plage, là où le sable se transformait en rochers. Il vendait des cartes de tarot soi-disant personnalisées. Lex essayait de se dépêcher lorsque le vieil homme derrière le stand l'interpella. Elle s'arrêta.

— Mademoiselle ! Mademoiselle ! Quel est votre nom ? Nous avons des cartes personnalisées, dit-il en indiquant le parfait petit tas devant lui.

— Vous n'aurez pas le mien, dit Lex pour écourter la conversation. Je m'appelle Meeeghyn avec trois « e » et un « y ».

— Oh, oui. J'en ai un juste ici, répondit l'homme en sortant un paquet de derrière la pile pour lui montrer.

Il y avait vraiment écrit Meeeghyn sur la couverture.

Lex cligna des yeux. Elle ne savait plus comment répondre maintenant qu'il avait trouvé un objet correspondant à son mensonge. Aussi improbable que cela puisse paraître. Mais l'arrivée d'un jeune couple la sauva. La fille s'extasia devant les paquets et attira l'attention du vendeur permettant à Lex de s'éclipser.

Juste derrière le phare se trouvait un chemin pittoresque en pavés qui finissait par un sentier de terre. Il était situé entre deux rangées d'arbres et menait rapidement *Aux berges d'Incanton*. C'était une jolie bâtisse de style colonial avec un immense portail. Les planches au-dessus étaient peintes en jaune et vert. Elles brillaient dans la lumière du soleil et étaient recouvertes de fleurs. Le tout avait l'air fraîchement repeint et nettoyé pour être prêt pour le festival.

Lex passa rapidement la fontaine remplie de fleurs. Celles-ci jaillissaient des rebords et tombaient sur l'allée en gravier menant à l'entrée principale. Les marches étaient agrémentées de tapis jaunes et verts assortis. Alors que Lex passait dans l'ombre fraîche du porche, l'odeur des différentes fleurs l'enveloppa et elle entra.

Il y avait une réceptionniste derrière le comptoir. Une vieille femme que Lex n'avait jamais vue auparavant. Elle ne devait pas être une grande lectrice ni une amatrice de café. Leurs chemins ne s'étaient pas encore croisés. Lex espéra que cela jouerait en sa faveur et que la femme n'aurait pas les mêmes aprioris que le reste de la ville.

— Excusez-moi, dit-elle. Je me demandais si vous pouviez m'aider. J'ai trouvé un foulard chez *Déjà Bu* lorsque j'y étais hier soir et je cherche la propriétaire. On m'a dit qu'elle avait une chambre ici.

— Oh, dit la réceptionniste.

Elle observait Lex à travers ses lunettes et essayait de décider si elle pouvait lui faire confiance.

— Vous connaissez le nom ?

— Malheureusement non. Mais je peux la décrire, dit-elle. La propriétaire a des cheveux lisses et blonds et elle était avec un homme qui semblait être son compagnon, petit ami ou même mari. Il a les yeux et les cheveux foncés et il est assez grand.

La réceptionniste fit un sourire en coin.

— C'est une description assez vague ma chère. Mais je pense savoir de qui vous parlez. Ils sont plutôt jeunes, non ?

— Oui, répondit Lex, soulagée.

Elle n'avait pas d'autres détails à fournir et elle ne voulait pas répéter la vague description de Meghan.

— Ils sont partis au labyrinthe, lui dit la femme. C'est l'une des plus grosses attractions du Festival de l'Été. Et après la débâcle du défilé d'hier, ils veulent en profiter.

— Un labyrinthe ?

Lex hésita et fronça les sourcils. Une fois de plus, elle se maudit de ne pas avoir prêté plus attention aux affiches du festival. Elle avait été trop absorbée par le travail et préoccupée par son père. Du coup, elle n'avait même pas regardé les différentes activités proposées.

— Ce n'est pas une attraction automnale ?

La réceptionniste sourit.

— Vous devez être nouvelle en ville. Le labyrinthe estival est l'une de nos plus belles attractions. Il est créé par les sœurs couturières qui tiennent la pâtisserie et la mercerie. Elles enroulent des kilomètres de tulle coloré autour de poteaux. C'est une sacrée expérience. Vous devriez essayer.

— Merci, je n'y manquerais pas, dit Lex avant d'hésiter. Comment s'appelle la jeune femme ?

— Laura Starr, dit la réceptionniste. Et son mari s'appelle Lance. Voulez-vous laisser le foulard ici ?

— Oh ! Lex réalisa qu'elle allait devoir aller au bout de son bluff. En fait, je l'ai laissé dans la voiture. Je vais aller la chercher. Merci pour tout.

Elle fit demi-tour et sortit de l'auberge, d'abord d'un pas mesuré. Puis, une fois hors de vue, elle fit de grandes enjambées rapides. La dernière chose qu'elle souhaitait était que la vieille femme réalise qu'il n'y avait aucune voiture sur le parking et la rappelle.

Elle devait aller au labyrinthe avant que les Starr n'aient eu le temps d'en sortir et de passer à une autre activité.

CHAPITRE VINGT-TROIS

Lex se tenait devant le labyrinthe qui se situait en bordure de la ville. Il était magnifique, mais elle n'avait pas le temps d'apprécier sa beauté. L'urgence de la situation la propulsait en avant. D'immenses morceaux de tulle étaient enroulés autour de poteaux en métal enfoncés dans le sol. Le tout dans différentes teintes pastel. De près, certains étaient assez fins, et l'on pouvait apercevoir les silhouettes des personnes au travers. Mais d'autres étaient deux fois plus épais et il était impossible de voir l'autre côté. L'ensemble créait une atmosphère mystique où les voix et les ombres se déplaçaient comme des esprits.

Pourtant, on était encore loin d'Halloween.

À l'entrée du labyrinthe, Lex prit une profonde inspiration pour se calmer. D'autres personnes passèrent près d'elle, riant et discutant joyeusement. Certaines entraient dans le labyrinthe, d'autres en émergeaient par la sortie située juste à côté de l'entrée. Ils avaient l'air heureux, les enfants étaient surexcités et couraient dans tous les sens. Mais Lex n'était pas dans le même état d'esprit.

Elle observa autour d'elle. Il y avait des animateurs à l'entrée et à la sortie qui s'assuraient que les gens aillent dans le bon sens, offrant quelques conseils. Elle ne voulait pas entrer comme tout le monde, sinon elle serait derrière les Starr et ne pourrait jamais les rattraper. Impossible de savoir de quel côté ils étaient partis. Elle profiterait du labyrinthe plus tard, après avoir éclairci cette histoire. Si elle voulait les croiser, elle devait entrer par la sortie et les trouver.

Lex attendit que l'un des animateurs se penche pour parler avec un joyeux petit garçon aux joues roses. Ce dernier lui expliquait avec enthousiasme comment ils avaient trouvé le centre du labyrinthe. Elle se précipita dans le tunnel de tissus avant qu'il ne puisse l'arrêter.

Lex fut rapidement engloutie par l'ambiance pastel. Le soleil éclairait des couches de tissu et dessinait des ombres colorées sur le chemin de terre. La chaleur du soleil déjà bien présente sembla s'intensifier. Tout était étrangement calme à l'intérieur. Les murs de tissus étouffaient les bruits venus de plus loin, même si Lex arrivait parfois à distinguer un rire ou les cris des personnes qui exploraient les chemins. Elle passa devant une famille qui savait visiblement que la sortie était proche. Ils lui lancèrent des regards confus en voyant qu'elle allait dans la mauvaise direction.

Lex poursuivit et arriva à un croisement. Deux directions s'offraient à elle, une à droite et une à gauche. Il n'y avait aucune indication sur laquelle choisir. Elle murmura un juron. Elle avait espéré que le labyrinthe serait complexe jusqu'au centre, puis n'aurait plus qu'un seul chemin jusqu'à la sortie. Ce n'était apparemment pas son jour de chance.

— Lara ? appela Lex aussi fort que possible. Lara Starr ?

Elle écouta attentivement, mais n'eut aucune réponse. Elle essaya de nouveau et appela cette fois Lara et son mari, mais toujours rien. Quelques rires lui parvinrent, mais ils semblaient venir d'un enfant et non d'un adulte.

Lex se mordit la lèvre. Elle devait faire un choix. Cela ne servait à rien de réfléchir. C'était un labyrinthe après tout, il fallait suivre un chemin et aucune indication ne viendrait l'aider. Elle prit à gauche et accéléra le pas pour pouvoir faire demi-tour si c'était une impasse.

Malheureusement, ce ne fut pas le cas. Le chemin la conduisit à un autre croisement où deux choix s'offraient à elle. Aller tout droit ou à gauche. Elle prit à gauche pour pouvoir facilement retracer ses pas en tournant toujours à droite sur le chemin du retour... Le plus important était de ne pas s'égarer, sinon elle perdrait tout espoir de les retrouver.

Ses doigts caressaient le tulle avec lequel elle gardait toujours contact pour se guider. Les couleurs passaient du vert pistache au rose bonbon, puis à un jaune pâle qui reflétait tellement les rayons du soleil que Lex dut détourner le regard. Des ombres la dépassaient de chaque côté et n'étaient que des formes grossières dans le tulle. Elles auraient aussi bien pu être des humains, des statues ou même des morceaux de tissus enroulés autour d'un poteau. Impossible de le savoir.

Lex fonça droit devant à un autre croisement, puis une première fois à gauche et une deuxième. Elle se figea car devant elle se trouvait un mur de tulle. Le tissu était étiré entre deux poteaux pour signaler une impasse. C'était un cul-de-sac. Un murmure lui parvint et elle vit sur le côté une ombre s'approcher de l'autre côté. Son cœur s'emballa tandis que l'ombre noire s'approchait de plus en plus près, le bras levé. Pendant une seconde, elle pensa que...

L'ombre tourna à un croisement et fut suivie d'une autre. Ce n'était qu'un jeune enfant qui suivait l'un de ses parents. Lex poussa un profond soupir de soulagement et essaya de se convaincre d'arrêter d'être paranoïaque. Tout allait bien. Tout allait très bien. Personne n'allait la tuer au milieu de la plus grande attraction du festival.

Bien sûr, Jeffrey Schreck avait été tué en plein milieu de la parade, mais Lex essaya de ne pas trop y penser. Elle fit demi-tour pour revenir sur ses pas et s'épongea le front. Il faisait tellement chaud. Si elle avait su, elle aurait pris une bouteille d'eau.

Lex suivit son plan pour revenir, mais se retrouva dans une autre impasse. Quelque chose clochait, réalisa-t-elle avec un mauvais pressentiment. Elle avait dû se tromper quelque part. Ou oublier sa propre règle un court instant. Elle avait couru tellement vite qu'elle avait dû rater un tournant. Que faire maintenant ?

Lex tourna en rond et essaya de réfléchir. Même si les murs de tulle étaient composés de différentes couleurs, cela ne l'aidait pas à se repérer. Les couleurs se répétaient sans cesse et créaient encore plus de confusion que si le tissu avait été blanc. Était-elle déjà passée par ici ? De quel côté devait-elle aller pour sortir ?

Lex mit une main sur sa bouche. La panique commençait à la gagner. Comment faire pour sortir sans aide ?

Quelque part à sa droite, elle entendit un murmure quasi-mystique. Il traversait les couches de tulle, mais n'était pas assez audible pour qu'elle comprenne les mots. Il lui parut sinistre. Mais elle n'avait pas de raison d'avoir peur en plein après-midi. Une ombre se rapprocha du tissu. Cette fois-ci, elle était gigantesque. Une silhouette grande et imposante qui marchait doucement vers elle tout en chuchotant. Elle observa avec une horreur grandissante une main toucher le tulle et appuyer dessus. Le contour des doigts était désormais visible du côté de Lex, comme s'ils allaient passer à travers pour l'attraper…

Lex prit une inspiration étranglée et fit un bond en arrière pour retourner d'où elle venait, mais ne s'enfuit pas. Non, si quelqu'un voulait la blesser, quelqu'un lié à l'affaire, il fallait lui faire face et l'arrêter. Son cœur battait si vite et fort qu'elle se sentit mal. Elle piqua un sprint et garda en tête l'endroit où elle devait aller, fonçant la tête la première à chaque croisement.

Puis elle s'arrêta, à bout de souffle. Devant elle se trouvait le « monstre » aperçu à travers le tulle. Ce n'était pas une, mais deux personnes. Lara et Lance Starr supposa-t-elle en les voyant. Ils étaient enlacés et s'embrassaient passionnément contre le tissu.

— Vous allez déchirer le labyrinthe si vous continuez comme ça, intervint Lex.

Sa voix était calme, malgré sa nervosité, et son cœur commençait à se remettre de ses émotions. Même si elle doutait fortement que ces deux amoureux transis soient les meurtriers, elle savait que les apparences pouvaient être trompeuses. Après tout, elle s'était déjà confiée à un jardinier très amical pour découvrir par la suite qu'il avait assassiné sa patronne pour de l'argent.

— Mon Dieu ! s'écria Lance.

Ils sursautèrent comme des adolescents pris en flagrant délit.

— Depuis combien de temps êtes-vous là ?

— Depuis que vous avez appuyé votre main contre le mur, juste à côté de ma tête et que je suis venu voir, répondit Lex.

Elle lui indiqua l'endroit dans le tissu. Il enleva immédiatement sa main et la passa dans ses cheveux noirs, tout en rougissant.

— Nous voulions juste nous amuser un peu, murmura-t-il. Nous sommes mariés.

— Oui, mais c'est une attraction familiale, répondit Lex.

Elle s'approcha d'eux.

— Mais ce n'est pas de cela que je voulais vous parler. En réalité, je vous cherchais.

— Vraiment ? dit Lara en fronçant les sourcils. Pourquoi ? Je ne crois pas vous connaître.

— Non, c'est vrai, répondit Lex. Mais vous connaissiez Jeffrey Schreck.

— Jeffrey qui ? répondit Lance. Jamais entendu parler.

— On vous a vu vous disputer avec lui hier soir.

Lex croisa les bras. Elle essayait de se rendre aussi imposante que possible pour qu'ils n'essayent pas de l'esquiver et se sauver.

— Dans le café, sur la route du défilé, *Déjà Bu*.

Lara et Lance échangèrent un regard.

— Vous parlez du vieux rigolo avec sa mèche ?

Lex sourit comme un loup attrapant sa proie.

— C'est bien lui, dit-elle. Alors, racontez-moi. Pourquoi vous disputiez vous ?

— Attendez, dit Lara. Pourquoi avez-vous dit « connaissiez » ? Au passé ? Il lui est arrivé quelque chose ?

— Plutôt oui, répondit Lex. Il a été assassiné la nuit dernière.

Lance et Lara sursautèrent et pâlirent.

— Pardon ? lâcha Lance d'une petite voix.

— Oui, oui.

L'assurance de Lex avait pris un coup. Ils avaient vraiment l'air choqué d'apprendre la nouvelle.

— Je repose ma question. Pourquoi étiez-vous en train de vous disputer ?

— Mon Dieu, murmura Lara, encore en train de digérer l'information.

— Ce n'était même pas une dispute, pas vraiment, dit Lance. Plutôt un débat animé.

— Que lui est-il arrivé ? demanda Lara.

Lex l'ignora et poursuivit.

— Alors de quoi débattiez-vous avec animation ?

— Pas grand-chose à vrai dire, martela Lance. Nous parlions d'un livre que nous avons tous les deux lu et à quel point nous l'avions aimé. Puis le mec de la table d'à côté s'incruste dans notre conversation, et commence à nous dire à quel point ce roman est nul, que nous devrions en lire des meilleurs.

Lex fronça les sourcils. De toutes les raisons qu'elle s'était imaginée, celle-là n'était pas sur la liste.

— Vous débattiez d'un livre ?

Lance haussa les épaules.

— Il semblait avoir un avis bien tranché dessus. Il nous a dit être libraire, c'est donc compréhensible.

— De quel livre parliez-vous ? demanda Lex, soudain très inspirée.

Et si cela était en rapport avec le livre blanc et qu'ils essayaient de la déstabiliser ?

— *Fascination,* répondit Lara. La première fois que nous l'avons lu, nous en avons parlé. C'est ce qui nous a fait tomber amoureux l'un de l'autre. Nous venons de nous marier le mois dernier. Notre lune de miel consiste à longer la côte en voiture et visiter différentes villes. Nous nous sommes arrêtés ici à cause du festival.

Lex réfléchit et dut admettre qu'elle les croyait. Ils avaient l'air tellement ordinaires qu'elle avait du mal à les imaginer en train de tuer quelqu'un. Et encore moins d'un coup à la tête. La stupéfaction qu'ils avaient affiché en apprenant la mort de Jeffrey paraissait sincère. De plus, ils auraient eu du mal à inventer une histoire aussi convaincante en deux secondes. Plus elle les regardait, plus elle se rendait compte qu'ils n'étaient pas vraiment des suspects viables.

Tout comme dans le labyrinthe, Lex se trouvait dans une impasse.

— L'avez-vous vu parler à quelqu'un d'autre ? demanda Lex.

Ils pourraient au moins lui fournir des informations importantes.

— Lorsqu'il est reparti, peut-être ?

— Nous sommes partis avant lui, répondit Lance. Il gâchait notre humeur festive, donc nous sommes partis à la recherche d'un bon emplacement pour regarder le défilé. C'était juste avant que ça ne commence et nous n'avons jamais revu cet homme.

— Vous en êtes certains ? insista Lex.

Il fallait qu'ils lui apprennent quelque chose. Elle avait besoin d'un indice.

— Nous n'avons rien vu du tout, s'énerva Lara. Pourquoi vous nous harcelez ? Ce n'était qu'un homme méchant qui voulait nous énerver. Sa mort n'a rien à voir avec nous. Il a sûrement insulté quelqu'un d'autre.

Lex soupira. Ils n'allaient rien lui apprendre et sa gorge était sèche. Elle en avait marre de parler. Elle voulait sortir.

— Je suppose que vous ne savez pas où se trouve la sortie ? demanda-t-elle avec un regard en arrière.

— Non, aucune idée, répondit Lance, un peu froidement. Mais si ça ne vous dérange pas, nous allons y aller.

Lex s'écarta sur le côté pour les laisser passer et les regarda partir. Même si elle voulait que quelqu'un l'aide à sortir, suivre les Starr serait trop gênant.

Mais elle avait toujours un problème. Elle était désespérément perdue et il lui serait impossible de chercher un meurtrier à l'intérieur d'un labyrinthe.

Lex tourna à gauche et essaya de combattre le sentiment de panique qui l'envahissait à mesure que le temps passait. Elle tourna et tourna encore pendant quinze minutes. Maintenant, elle commençait sérieusement à regretter sa décision. Être perdue dans un labyrinthe était une chose. Mais être complètement perdue toute seule était encore pire. Même si elle pouvait entendre et voir des gens passer de l'autre côté du tissu, elle ne croisait jamais personne. Ce qui ne fit qu'accentuer son impression d'être complètement dans la mauvaise direction.

Elle aurait dû manger un truc, ou emporter une bouteille. Après le chaos d'hier, elle avait à peine dîné. Et aujourd'hui, elle n'avait fait qu'un bref ravitaillement au café. Pas étonnant que son cerveau fonctionne au ralenti. Elle devait se repérer, trouver quelque chose pour se remettre dans le droit chemin.

Avec les murs de tissus plus grands qu'elle, Lex ne pouvait même pas apercevoir le paysage qui aurait pu lui indiquer de quel côté se trouvait la sortie. Il n'y avait que le ciel bleu au-dessus d'elle et les infinis couloirs de tulle pastel qui ne la conduisaient que dans des impasses.

Lex laissa échapper un sanglot de frustration malgré elle. Ses nerfs étaient à vif et elle commençait à penser qu'elle ne sortirait jamais d'ici. Son cerveau était lent et elle avait l'impression que les murs du labyrinthe se refermaient sur elle. Le soleil qui tapait fort sur son crâne ne l'aidait pas. Elle tourna à un angle et se figea en voyant ce qui se trouvait devant elle.

Qu'est-ce que c'était ?

Il avait disparu dans un croisement. C'était forcément un homme. Peu importe qui, elle pourrait le rattraper et lui demander de l'aide pour sortir. Même s'il ne connaissait pas le chemin, ce serait un soulagement de pouvoir compter sur quelqu'un. Quelqu'un qui l'aiderait à rester logique et concentrée et à essayer tous les chemins jusqu'à trouver le bon.

Lex fonça en avant. Il apparut de nouveau, tournant au prochain carrefour. Cette fois, elle avait eu plus de temps pour l'observer avant qu'il ne s'en aille. Un costume noir, pensa-t-elle, et des cheveux noirs coiffés en arrière et coupés sous les oreilles.

Eli Sanderson.

CHAPITRE VINGT-QUATRE

Lex accéléra le pas. Non seulement, c'était un visage familier, mais elle voulait aussi lui parler. Si seulement elle arrivait à comprendre pourquoi il se trouvait à la vente, et vérifier si oui ou non il était impliqué dans la mort de Jeffrey Schreck…

Lex se dépêcha de tourner, mais il était de nouveau trop loin. Il avait pris un autre croisement. Il était toujours hors d'atteinte. Elle piqua un sprint. C'était comme si elle était dans l'un de ces rêves. Peu importe ses efforts, l'autre personne était toujours hors d'atteinte.

— Eli ! cria-t-elle avec l'espoir qu'il l'attende.

Pas de chance. Elle ne l'aperçut que brièvement, un flash de noir qui s'en allait. On aurait dit qu'il avait accéléré. Lex courut après lui, mais il était juste assez loin pour qu'elle ne distingue qu'une ombre, jamais son visage en entier.

Lex prit son élan et courut à toute vitesse vers le prochain tournant. Elle tituba et s'arrêta quelques pas plus loin en clignant des yeux.

Elle était sortie du labyrinthe.

Autour d'elle, les gens se baladaient. Certains avaient des granités colorés tandis que d'autres entraient dans le labyrinthe en souriant. On lui adressa quelques regards étranges et se rendit compte qu'elle était à bout de souffle et que de la sueur perlait sur son front. Elle l'essuya et chercha Eli des yeux sans pouvoir le trouver.

Peu importe où il était allé, il avait été assez rapide pour se cacher. Pourtant, elle était juste derrière lui. C'était très étrange. Même extrêmement étrange.

Elle tournait en rond, toujours à sa recherche. Il devait avoir profité de sa confusion pour retourner dans le labyrinthe ou s'enfuir en courant. En tout cas, il avait complètement disparu. Lex reprit sa respiration, réfléchissant à la prochaine étape. Sa nouvelle piste n'avait rien donné. Elle commençait à perdre doucement l'espoir de résoudre cette affaire.

Lex retrouva assez de respiration pour commencer à se diriger vers le centre-ville. Son esprit tournait à plein régime. Elle avait de plus en plus de doute sur la culpabilité d'Eli Sanderson. Quelle autre raison aurait-il de s'enfuir comme ça ?

Le problème était qu'elle n'avait aucun moyen de le prouver. S'il continuait à l'éviter, elle ne pourrait pas lui poser d'autres questions. En plus de cela, elle avait le sentiment qu'Eli pouvait lui raconter un tissu de mensonges sans qu'elle ne s'en aperçoive. Il était tellement excentrique dans tout ce qu'il faisait qu'un mensonge pouvait facilement être une vérité incongrue.

Comment allait-elle bien pouvoir le retrouver ? Elle marchait tête baissée parmi la foule de la rue principale, ignorant les vendeurs et les décorations. Elle ne vit pas l'homme qui venait à sa rencontre avant qu'il ne se mette en travers de son chemin, les bras tendus pour éviter un choc. Lex eut le souffle coupé lorsqu'elle le remarqua enfin. Un instant, elle crut que c'était le tueur, ou même Eli. Peut-être même que les deux ne faisaient qu'un. Mais…

— Noah ?

Lex cligna des yeux et se concentra sur son visage. Il était debout, son vélo appuyé contre lui, portant un short beige et un t-shirt blanc délavé où l'on pouvait à peine distinguer un sigle de recyclage et une planète souriante. Sa peau était rosée par le soleil.

— Tu vas bien ? demanda Noah. J'ai essayé de t'appeler, mais tu avais l'air perdu dans ton monde.

— Désolée, dit Lex.

Elle regarda les alentours et se rendit compte qu'elle avait marché bien plus loin que prévu.

— J'ai eu une matinée chargée.

— J'ai appris ce qu'il s'est passé hier, dit Noah avec sympathie. Alors, c'est vrai ? C'est toi qui as trouvé le corps ?

— J'essaie de prouver mon innocence, répondit Lex. J'interroge les témoins et j'essaie de savoir qui voulait la mort de Jeffrey Schreck.

Sa tête tournait et ses mots lui semblaient très lointains.

— Pas de pistes pour l'instant ?

Lex eut un petit rire.

— Trop de pistes. Mais aucune d'elles ne se concrétise.

Noah lui lança un regard inquiet.

— Depuis combien de temps es-tu sous le soleil ? demanda-t-il. Tu n'as pas de bouteille d'eau. As-tu bu quelque chose ?

— Je ne sais pas, répondit Lex.

Elle regarda sa montre et vit avec surprise que c'était déjà le milieu de l'après-midi.

— Longtemps, je pense, avoua-t-elle.

— Viens t'asseoir à l'ombre, dit Noah.

Il la guida par le bras vers un monument en béton quelques mètres plus loin. Lex s'assit à l'endroit indiqué tandis que Noah posait son vélo contre la statue derrière elle. Elle sentit la pierre froide sous ses paumes et s'appuya dessus.

— Reste ici. Je vais te chercher une boisson fraîche. Tu as l'air d'en avoir besoin.

Lex était trop fatiguée pour protester et resta assise là, laissant la fraîcheur l'apaiser. Une violente migraine commença à bourdonner dans son crâne.

— Tiens.

Noah était déjà revenu ? Elle avait à peine remarqué son absence. Il mit un verre en plastique rempli de glace pilée rose dans sa main. Lex but docilement une gorgée à travers la paille. La boisson était si froide que l'esprit de Lex resta un instant gelé. Mais l'effet se dissipa et la migraine revint de plus belle. Lex but plus vite, vidant presque le verre d'un trait. Sa tête bourdonnait toujours et la sécheresse de sa gorge n'avait pas complètement disparu. Noah avait raison, cela faisait trop longtemps qu'elle n'avait rien bu.

— Que s'est-il passé ? demanda Noah.

— J'ai entendu dire que Schreck s'était disputé avec un couple avant sa mort. Alors je me suis mise à leur recherche, répondit Lex. Mais je ne pense pas qu'ils soient impliqués. Et puis, je suspecte quelqu'un d'autre, mais je n'en suis pas certaine. Eli Sanderson.

Noah fit une grimace.

— Cet imposteur ? Je ne sais pas s'il en est capable. Il aboie plus fort qu'il ne mord.

— Il esquive mes questions, dit Lex. Ça me donne encore plus envie de l'interroger. Il a très bien pu voler le livre, même s'il n'a pas commis le meurtre.

Lex se figea. Elle n'aurait pas dû parler du livre volé puisque Montgomery ne voulait pas que la nouvelle se répande. Heureusement, Noah ne semblait pas l'avoir remarqué.

— Il se trouve que j'ai un début de piste concernant le meurtre, dit Noah.

Il était penché au-dessus d'elle, peut-être pour s'assurer qu'elle allait bien. Mais maintenant, il vint s'asseoir à côté d'elle sur les marches.

— Tout le monde en parle. Il y a pas mal de rumeurs qui circulent, donc je ne sais pas si c'est vrai.

— Laisse-moi deviner... Lex soupira. La majorité des gens pense que j'y suis pour quelque chose.

Noah pencha la tête.

— On ne m'en a pas parlé, dit-il. La plupart des gens ne savent même pas que tu y étais. Tu vis au-dessus de la scène de crime, après tout. Ce n'est pas très surprenant que tu te sois retrouvée derrière la barrière.

— Donc tu as entendu que je me trouvais derrière la barrière, rétorqua Lex avec un regard entendu.

Noah essayait sûrement de la rassurer. Il lui fit un sourire penaud.

— Peu importe, j'ai une information intéressante, dit-il. À propos de l'ancienne Mme Schreck.

Lex tendit une oreille attentive.

— Il avait une ex-femme ?

— Oui. C'est intéressant, non ? répondit Noah. Tu sais ce qu'on dit. Beaucoup de meurtres sont perpétrés par les époux. Ce serait intéressant de savoir ce qu'elle faisait cette nuit-là.

— Effectivement, dit Lex avant de réfléchir. Tu connais son nom et son adresse ?

— Non, répondit Noah en retirant son sac à dos pour le poser sur son genou. Mais je peux trouver.

Il ouvrit le sac, sortit son ordinateur et commença à taper.

Lex était encore un peu désorientée à cause de la chaleur. En finissant son verre, elle fut tentée de poser sa tête sur l'épaule de Noah. Mais non, elle n'était pas certaine de sa réaction. Même si elle pouvait le mettre sur le compte de la fatigue et la déshydratation, elle ne voulait pas être embarrassée.

— Alors, voilà, dit Noah. Il y a un article sur le site d'*Incanton Nation* sur leur mariage. Ce doit être une habitante d'ici. Glinda Schreck.

— Linda ? répéta Lex, pensant avoir mal compris.

— Glinda, la corrigea Noah. C'était son nom lors de son mariage, mais je suppose qu'elle a repris son nom de jeune fille. Il n'est pas mentionné dans l'article… Ah, attends. Glinda Weatherwax.

— C'est un nom inhabituel, dit Lex dans le brouillard.

Elle sentait que la boisson fraîche lui faisait du bien, mais elle n'était pas totalement remise.

— Et où est-elle maintenant ?

Elle se dit que la femme devait maintenant vivre à des kilomètres, qu'elle avait pris un nouveau départ à New-York ou dans le Colorado. Ce ne serait pas étonnant, vu sa chance.

— Voyons voir…

Noah ajouta quelques termes à sa recherche et se frotta le menton en parcourant les résultats.

— Voilà. On dirait qu'elle est toujours en ville. Elle a posté une photo d'elle il y a quelques jours. Regarde, on peut voir les décorations du festival en arrière-plan.

— Tu as une idée de son adresse ? demanda Lex.

Ce serait étonnant de trouver aussi facilement l'adresse d'une inconnue… Mais cela lui permettrait de rendre plus facilement visite à Glinda.

Noah regarda d'autres images du profil de Glinda.

— Ah, ah, s'écria-t-il joyeusement devant une autre photo.

Lex plissa les yeux. Elle voyait Glinda, une belle femme aux cheveux clairs qui commençaient à grisonner. Des petites rides entouraient ses yeux et sa bouche, indiquant qu'elle avait eu une vie heureuse.

— Je ne vois pas d'adresse, intervint Lex en regardant la légende.

— Non, regarde par la fenêtre derrière elle, dit Noah. Tu le vois ?

Lex cligna des yeux. C'était le magasin près du parking, celui qui vendait des hameçons. Elle reconnaissait l'enseigne.

— Elle vit dans le centre-ville ?

— On dirait bien.

Noah sourit. Lex pencha la tête en arrière pour terminer son granité et écrasa le verre.

— Je ferais mieux de lui rendre visite, dit-elle en se levant.

— Attends, protesta Noah. Tu te sens mieux ?

— Beaucoup mieux, merci, dit Lex. Merci pour ton aide, et pour la boisson.

— Je peux t'accompagner, lui proposa Noah en se redressant.

— Je vais vraiment mieux, répondit Lex.

Avec tous les sentiments conflictuels qu'elle avait pour Noah, ce n'était pas une très bonne idée qu'il vienne. Il fallait qu'elle soit plus concentrée que jamais. Et puis, Eli était peut-être encore dans les parages. Sans savoir pourquoi, elle ne voulait pas qu'ils se rencontrent. Pas en sa présence. Il faisait partie de deux mondes différents, et elle ne voulait pas qu'ils se mélangent.

— C'est toujours bon pour demain ? demanda Noah, gêné, alors que Lex s'éloignait.

— Bien sûr, répondit Lex, sans se souvenir de quoi il parlait.

Ses questions n'allaient pas se poser toutes seules.

Elle n'avait jamais eu besoin de gérer ce genre de choses à Boston. Là-bas, elle n'avait jamais été accusée de meurtre, et encore moins deux fois en un mois. L'offre de Matt Lang n'était peut-être pas si mal après tout.

Mais bon, Boston n'avait pas de Noah, et c'était un problème.

Lex lui fit un sourire confiant et se retourna pour continuer de marcher en direction du magasin d'hameçons. Elle espérait ne pas avoir menti et que sa migraine se dissiperait bientôt.

CHAPITRE VINGT-CINQ

Lex prit une inspiration pour se calmer et essaya de se reconcentrer. Elle se tenait devant la maison en face du magasin d'hameçons. Sa tête tournait encore un peu, mais cela n'avait pas d'importance. Elle devait aller au bout de cette histoire. Si Glinda Weatherwax était une meurtrière, ou du genre à convaincre quelqu'un de faire son sale boulot pour elle, Lex voulait le savoir.

Elle frappa fort sur la porte verte et n'eut pas à attendre longtemps avant que quelqu'un ne lui ouvre. L'entrée apparut devant elle. À l'intérieur, se trouvait la même femme que sur les photos. Elle était plus petite que Lex ne se l'était imaginée, très jolie malgré son âge, portant une robe bleue-pâle en tissu léger. Plus jeune, elle devait être magnifique et délicate, pensa Lex.

— Glinda Weatherwax ? demanda-t-elle même si elle le savait déjà. Je voudrais vous parler, si vous êtes disponible.

— De quoi ? répondit Glinda.

D'un coup, son expression changea. Étrangement, elle se rapprochait de Lex, comme si elle se penchait vers elle.

— Oh là. Vous allez bien ?

Lex réalisa que Glinda la tenait par les bras. Elle portait des bracelets dorés dont le tintement résonna dans les oreilles de Lex.

— Quoi… ? demanda-t-elle avant de réaliser que c'était elle, Lex, qui se penchait en avant.

Apparemment, elle était sur le point de tomber.

— Mon Dieu, s'exclama Glinda. Je crois que vous faites une insolation. Entrez, entrez, venez vous asseoir à l'abri du soleil.

Lex fut entraînée dans un couloir qui menait vers l'intérieur frais de la maison. Elle se retrouva assise sur un canapé sans vraiment savoir comment elle y était arrivée. La pièce lui rappelait les années soixante-dix, Stevie Nicks et les tendances bohèmes et hippies. Tous les tissus à franges et les décorations auraient facilement trouvé leur place dans un chalet au milieu des bois.

— Vous allez bien ? demanda Glinda en mettant un verre froid dans les mains de Lex.

Elle en prit immédiatement une gorgée, et se dit que ce n'était pas comme ça qu'elle avait prévu son interrogatoire.

— Je… Oui. Je crois. J'irai mieux dans un instant.

— Vous devez faire plus attention avec le soleil, lui fit remarquer Glinda. On ne sait jamais quand on va attraper un coup de chaud. Surtout si vous ne vous hydratez pas.

— Je viens de boire un verre, répondit Lex. J'ai dû me lever trop vite. Ça va aller.

— D'accord.

Glinda prit place sur un fauteuil, mais garda une expression inquiète.

— Pourquoi vouliez-vous me voir ?

Lex secoua la tête pour essayer de s'éclaircir les idées. Elle commençait à se sentir mieux. Mais pour combien de temps.

— Ah… Jeffrey, dit Lex en essayant de se ressaisir. Jeffrey Schreck.

Glinda se tendit légèrement et se redressa dans son fauteuil avant d'enrouler ses doigts fins autour de son propre verre d'eau.

— Mon ex-mari. Je suppose que c'est en rapport avec son décès, la nuit dernière.

Lex acquiesça.

— Vous êtes déjà au courant.

— Évidemment, répondit Glinda.

Elle but un peu d'eau, apparemment un peu secouée.

— La police m'a immédiatement contactée. Nous nous sommes perdus de vue depuis plusieurs années maintenant, depuis la fin de notre mariage. J'ai été très attristée par sa mort. Personne ne mérite cela.

— Alors, cela c'est mal terminé entre vous ? demanda Lex.

Elle savait que ses questions étaient transparentes, mais elle ne pouvait pas déterminer l'innocence ou la culpabilité de Glinda sans elles.

— Oui, dit la femme. Mais c'était il y a des années. Et, comme je l'ai dit à la police, j'ai un alibi pour hier. J'étais ici, avec quelqu'un.

Lex haussa un sourcil. Si ce n'était pas l'ex-épouse qui avait commis le meurtre, alors pourquoi pas son nouveau partenaire qui cherchait à libérer sa compagne de l'influence de leur ex.

— Quelqu'un ?

Glinda acquiesça.

— Oui. Je vois quelqu'un de nouveau. Ma première histoire depuis mon divorce.

Ce fut suffisant pour alarmer Lex. Elle était sur le point d'ouvrir la bouche et de demander le nom de cet homme. Mais elle entendit un bruit derrière elle, dans l'encadrement d'une porte qui menait à la pièce d'à côté. Elle se tourna et regarda par-dessus son épaule...

— Ian ?

Lex cligna des yeux. Le père de Cassie se tenait devant elle, l'air penaud.

— Bonjour, Alexis, dit-il gêné, les mains serrées devant lui. Je me suis dit qu'il valait mieux que je sorte avant que la conversation ne devienne plus gênante.

Le regard de Lex passa de Glinda à lui.

— Vous êtes... le nouveau euh... petit ami de Mme Weatherwax ?

Ian acquiesça et traversa la pièce pour se placer à côté du fauteuil de Glinda. Il posa une main rassurante sur son épaule.

— Nous sommes ensemble depuis des mois, dit-il. C'est délicat, mais Cassandra n'est pas encore au courant. En vérité, je cherche le courage de lui avouer et je ne voudrais pas qu'elle l'apprenne par quelqu'un d'autre. Pourriez-vous... pourriez-vous le garder pour vous pour l'instant ?

Ce n'était pas une demande invraisemblable. Mais d'un autre côté, Lex ne voulait pas mentir à Cassie. Elle inspira.

— Je ne lui dirai rien, répondit-elle. Mais si elle me pose la question...

— Bien sûr, bien sûr, approuva Ian. Ça ne restera pas un secret très longtemps. Je vais lui dire. Vous ne serez pas dans une position inconfortable trop longtemps.

Lex hocha la tête. Maintenant, elle pensait à l'amitié, aux relations, aux secrets et à la confiance.

— Comment vous sentez-vous ? demanda Ian. J'ai cru entendre que vous aviez un peu trop pris le soleil.

— Je me sens mieux maintenant, merci, dit Lex.

Glinda tendit la main et la plaça sur le front de Lex.

— Vous n'avez pas de fièvre, mais soyez quand même prudente, dit-elle. Vous êtes bonne pour rentrer chez vous et vous reposer.

Lex était d'accord avec elle. Elle termina son verre et se leva, retrouvant son équilibre un peu plus facilement cette fois.

— Merci, ajouta-t-elle en se dirigeant vers la porte.

135

— Faites bien attention, lui lança Ian avec inquiétude.

Lex sourit et acquiesça avant de retourner sous le soleil. L'air se rafraichissait à mesure que la journée avançait, mais elle fit ce qu'on lui avait conseillé. Elle rentra directement chez elle en passant par les escaliers du café pour ne pas avoir à traverser la scène de crime. Lex s'installa sur le canapé avec une fine couverture et décida de se reposer là jusqu'au soir.

Il y avait quelque chose dans l'expression de Glinda, quelque chose dans la façon dont Ian la regardait, qui faisait que Lex les croyait. Glinda était avec Ian hier soir, Lex en était persuadée. Glinda avait l'air gentille et honnête, le type de personne à qui l'on faisait instantanément confiance. Comme la mère d'une amie qui vous invite pour un verre et vous dit ensuite de rester dîner.

Ce qui signifiait que Lex était toujours la seule suspecte viable. Du moins, selon la police. Elle devait en trouver quelqu'un d'autre, ou elle allait avoir encore plus de problèmes que maintenant.

Lex s'endormit et oublia de se lever pour rejoindre sa chambre. Elle avait encore tout le temps d'enquêter demain matin.

CHAPITRE VINGT-SIX

Lex se sentait beaucoup mieux en se réveillant le lundi matin. Les boissons froides ajoutées à une bonne nuit de sommeil lui avaient fait le plus grand bien. Même si le bout de son nez et le haut de ses oreilles étaient un peu rouges, elle avait évité le pire.

Cependant, elle ne put s'empêcher de traîner les pieds sur le chemin qui menait au magasin. Même si elle avait hâte de retourner au travail, elle n'avait aucune bonne nouvelle à annoncer à Montgomery. Elle allait devoir admettre que malgré ces deux jours d'enquêtes, elle n'avait rien trouvé.

— Mademoiselle Blair ! s'exclama Montgomery dès qu'elle fit un pas dans la pièce principale.

Il contourna le comptoir et se précipita vers elle pour l'arrêter et la tenir par les bras.

— Vous allez bien, Mademoiselle Blair ?

Lex cligna des yeux.

— Oui, très bien. Pourquoi ?

— Ian m'a parlé de votre coup de chaud d'hier, répondit Montgomery en secouant la tête. Vous devez faire attention au soleil, très attention. Nous ne voudrions pas que vous tombiez malade.

Lex sourit, touchée par sa sollicitude, mais celui-ci disparut rapidement.

— Malheureusement, passer trop de temps au soleil est la seule chose que j'aie réussi à faire hier.

Elle lui expliqua rapidement ce qu'il s'était passé. En dehors, bien sûr, de sa rencontre avec Ian.

— Pas d'inquiétude, pas d'inquiétude, dit Montgomery.

Il essaya de lui faire un grand sourire, mais Lex pouvait voir qu'il était déçu.

— Il se passera peut-être quelque chose aujourd'hui qui nous donnera un nouvel indice.

Lex adorait son optimisme, mais n'arrivait pas à le partager. Elle mit ses affaires derrière le comptoir et fit une pause pour caresser

Hécate derrière l'oreille. Le chat était allongé sur l'une des marches qui menait à l'étage.

Lex venait à peine de revenir derrière le comptoir et de commencer à regarder si la pièce avait besoin de rangement lorsque la cloche tinta. Ils avaient un visiteur. Lex se tourna, prête à apporter son aide, mais se trouva face à la détective Santos. Elle portait aujourd'hui un chemisier léger et un gilet estival.

— Oh, parfait. Alexis, j'espérais vous trouver ici, dit Santos, alors que son expression indiquait tout le contraire. On m'a rapporté que vous aviez parlé à Glinda Weatherwax.

— Euh... Lex déglutit.

Glinda avait-elle appelé la police ? Lex lui avait fait confiance, elle la croyait gentille.

— Oui, c'est un crime ?

Santos lui lança un regard mauvais.

— Non, effectivement. Mais vous devez savoir que je vous surveille. Je ne veux pas que vous mettiez votre nez dans cette affaire et je ne tolèrerais pas l'intervention d'une apprentie détective. Restez à l'écart et laissez les professionnels s'en charger.

— Je n'ai pas fait grand-chose, protesta Lex. Je lui ai juste demandé si elle était énervée par son divorce. Ce n'est pas comme si je l'avais accusée de quoi que ce soit.

Une autre pensée lui vint, une qu'elle ne voulait pas examiner de trop près. Si Glinda ne l'avait pas dénoncée, alors c'était quelqu'un d'autre. Quelqu'un qui la surveillait.

Eli Sanderson la suivait pas mal en ce moment, non ? Et il y avait aussi le tueur, si ce n'était pas Eli. Il était possible que ce soit lui, peu importe son identité, qui la surveille. Il attendait qu'elle trouve le livre pour passer à l'action.

— Vous n'auriez même pas dû faire ça, dit Santos, exaspérée.

Derrière elle, les cloches tintèrent de nouveau.

— Restez à l'écart le temps de l'enquête. Je ne veux pas avoir à revenir vous parler.

— D'accord, répondit Lex, désormais soumise et silencieuse à l'approche d'un nouveau client. Elle ne voulait pas qu'il pense que Montgomery avait des problèmes, ni risquer de se faire arrêter. Même si cela devenait de plus en plus probable. Comment pouvait-elle arrêter d'enquêter alors qu'elle devait s'innocenter ? La seule chose qu'elle pouvait faire, c'était lui promettre de ne pas fouiner, même si elle ne le pensait pas vraiment.

— J'attendrai de vos nouvelles, conclut Lex.

— Ah, bonjour, dit le nouveau client en contournant la détective pour entrer dans la pièce. Je suis content d'avoir trouvé le bon endroit.

Il fallut un moment à Lex pour le reconnaître. Ce fut sa voix qui le trahit, plus que le reste. Un tel accent anglais n'était pas commun par ici. C'était l'homme qu'elle avait percuté en quittant la vente. Celui qui avait été si poli.

— Bonjour, dit Lex d'un ton amical pour qu'il comprenne qu'elle l'avait reconnu. Vous cherchez des livres rares aujourd'hui ?

— Eh bien, oui.

L'homme sourit, les contours de sa bouche formant de petites fossettes. Il était aussi charmant que dans son souvenir, et son sourire était déstabilisant.

— Je cherchais un livre spécial à la vente. Après l'incident, j'ai demandé au superviseur s'il pouvait m'aider. Il se trouve que l'exemplaire que je cherchais est celui que vous avez réussi à récupérer. Il m'a dirigé vers vous.

Lex hésita et regarda Montgomery. Elle avait le sentiment de savoir exactement de quel livre il voulait parler. Le monde des livres rares était petit, elle commençait à s'en rendre compte. Le superviseur avait dû voir son nom sur la facture et avait découvert qu'elle travaillait pour Montgomery.

— Vous êtes fan des Beatles, c'est ça ? suggéra Montgomery pour venir à la rescousse de Lex.

Lui aussi espérait visiblement qu'il n'y ait pas de rapport avec le livre blanc.

— Pardon ?

L'anglais avait réussi à rendre sa confusion charmante et fit un grand sourire à Montgomery.

— Non, c'est un livre très ancien que je recherche. Il est assez singulier, il a une couverture en cuir blanc.

Le cœur de Lex se serra. Santos était restée dans la boutique et elle se tenait là à observer l'échange, les bras croisés. Ils ne pouvaient pas vraiment dire à l'acheteur que le livre avait été volé, pas devant Santos. Elle voudrait savoir pourquoi ils ne lui avaient pas dit, et Montgomery aurait eu l'air suspect aux yeux de la police.

— J'ai peur qu'il ne soit plus disponible, dit doucement Montgomery.

Il venait de nouveau sauver Lex. Elle devait avouer qu'elle admirait sa façon d'omettre une part de la vérité.

— Il est très populaire auprès de nos collectionneurs, voyez-vous, voyez-vous.

— J'arrive trop tard ? demanda l'anglais de façon rhétorique, avant de poursuivre sans attendre la réponse. Mince. J'espérais pouvoir vous faire une meilleure offre avant que quiconque ne le prenne de nouveau sous mon nez.

— Nous en sommes vraiment désolés, dit Lex avec un faux sourire compréhensif. Pouvons-nous vous proposer autre chose qui pourrait vous intéresser ? Nous récupérons des livres spéciaux pour nos clients de temps en temps.

— Non, non, je cherchais vraiment celui-là, répondit l'homme. Il mit sa main sur sa bouche un moment pour réfléchir. Seriez-vous dans la capacité de me dire qui vous l'a acheté ? Je veux vraiment ce livre et je suis prêt à y mettre le prix. Si vous me dirigez vers cette personne, je pourrai leur proposer un arrangement.

— Je suis vraiment désolé, Monsieur, mais nous devons penser à la confidentialité de nos clients, dit Lex.

Elle pouvait prononcer ce discours avec aplomb. Grâce à son travail en maison d'édition, elle savait toutes sortes de choses sur les règles de confidentialité. Ainsi que sur les informations qui ne devaient pas être divulguées aux clients.

— Nous ne pouvons pas trahir leur confiance. Même si ce n'était pas demandé par la loi, nos clients comptent sur notre discrétion.

Elle jeta un regard en coin à Santos en parlant. La détective avait changé de position. Désormais, debout les mains sur les hanches, elle observait la conversation d'un œil attentif. C'était comme si elle sentait que quelque chose clochait. Lex ramena ses yeux sur l'anglais pour ne rien laisser transparaître.

— Alors, laissez-moi vous donner mon nom et mon adresse, suggéra l'anglais. De cette façon, vous pourrez parler en privé avec l'acheteur. S'il accepte de m'écouter, je vous saurai gré de lui transmettre mes coordonnées. Je pourrais même vous proposer des frais de négociation pour le dérangement, qu'en pensez-vous ?

— Nous pouvons toujours essayer, dit Montgomery.

Il tendit la main sous le comptoir pour récupérer son registre de clients et il ouvrit une nouvelle page.

— Je ne voudrais pas vous donner de faux espoirs, mais je vais tout noter. Juste au cas où, au cas où.

Tandis que l'anglais se rapprochait pour donner ses informations, Lex se tourna vers Santos et lui fit un grand sourire.

— Je peux vous aider pour autre chose ? demanda-t-elle en prenant soin de ne pas prononcer le mot « détective » pour s'adresser à Santos afin de ne pas alarmer l'anglais.

— Non, répondit Santos calmement avec un dernier regard inquisiteur. Je vous tiens au courant.

Elle se tourna et sortit. Un court instant plus tard, l'anglais fit un signe de gratitude en direction de Lex. Il se dirigea vers le couloir et quitta le magasin.

Lex inspira profondément, heureuse qu'ils soient partis.

— Edward La Vey, lut Montgomery à voix haute. Sacré personnage, non ?

Il avait l'air plus perturbé qu'intrigué. Lex ne pouvait pas lui en vouloir.

— Beaucoup de monde veut ce livre, dit-elle. D'abord Schreck, et maintenant lui. Je suis sûr qu'Eli Sanderson le veut aussi. Et si Schreck n'était pas le voleur, et que ce n'est ni Eli ni ce La Vey, alors il y a une autre personne impliquée. Une qui a vraiment volé le livre.

— En tout cas, il semblerait que La Vey n'ait rien à voir avec le vol, dit Montgomery. Il ne serait pas venu ici se renseigner sur le livre s'il l'avait déjà. Mais cela ajoute du stress à la situation. Apparemment, la nouvelle de votre trouvaille se répand. Je ne serais pas surpris si d'autres personnes venaient pour l'acheter.

— Mais comment l'ont-ils su ? demanda Lex en secouant la tête. Je ne savais même pas ce que j'avais récupéré avant de revenir. Et je ne pense pas qu'ils en connaissaient la valeur lors de la vente, puisqu'ils ne m'ont presque rien demandé.

Montgomery se gratta la barbe pensivement.

— Peut-être que le superviseur de la vente s'est renseigné depuis, puisque tant de gens posent des questions, suggéra-t-il. Il se pourrait que ce soit lui qui répande la nouvelle dans notre communauté. Nous sommes de vraies commères, nous les collectionneurs d'œuvres écrites.

Lex sourit à la métaphore. Montgomery avait raison sur un point. Le fait que la nouvelle se répande aussi vite était stressant. Et même si elle avait eu des doutes en voyant La Vey débarquer ici, il était clair qu'il ne savait rien de l'emplacement du livre. Sans parler du fait que s'il était impliqué dans le vol ou le meurtre, ce serait idiot de sa part de rester en ville. Surtout après avoir donné son nom à des inconnus qui pourraient l'identifier plus tard.

Mais elle avait appris une chose dans tout cela, une chose qui pourrait l'aider à avancer.

— Il y a un moyen de savoir qui d'autre veut ce livre, dit-elle.

Montgomery croisa son regard.

— Lequel ?

— Je peux demander au superviseur de la vente, dit-elle. Si c'est lui qui a informé La Vey, alors il a aussi pu le dire au voleur.

— Bien vu, Mademoiselle Blair, répondit Montgomery, rayonnant. Vous avez officiellement…

Lex attendit, mais il ne termina pas sa phrase.

— Une bonne idée ? suggéra-t-elle sans penser un instant qu'elle avait deviné la bonne suite.

— L'après-midi de libre, rit Montgomery. Après tout, vous avez une enquête à mener.

CHAPITRE VINGT-SEPT

Lex sortit de *La Curieuse Librairie* et monta dans sa voiture pour conduire en direction de la banlieue d'Incanton. D'après la lettre de Montgomery, l'agence chargée de la vente était du coin. Lex était confiante quant au fait de trouver le superviseur pour lui parler.

Lorsqu'elle baissa les yeux et vit Hécate s'installer sur le siège passager, Lex ne fut pas vraiment surprise.

— Tu m'accompagnes aussi, n'est-ce pas ? demanda-t-elle à voix haute comme si le chat allait lui répondre.

Hécate se contenta de la regarder un moment avant de fixer droit devant elle comme pour indiquer à Lex qu'il était temps de démarrer le moteur et de partir.

L'agence ne fut pas difficile à trouver. Au-delà de la magnifique église que Lex avait vue, la route passait à travers une zone résidentielle puis un quartier commercial et des bureaux. Lex entra. Elle avait remarqué le superviseur par la vitre. Elle espérait qu'il ne lui tienne pas rigueur de son accident lors de la vente.

Ses espoirs furent anéantis dès son entrée. Il leva les yeux et croisa son regard. Puis son visage changea et la rage envahit ses traits tandis qu'il se précipitait vers elle. On aurait dit qu'il voulait l'escorter dehors.

— Que faites-*vous* ici ? cracha-t-il. Vous venez présenter vos excuses pour avoir détruit nos piles de livres ?

— Vous me reconnaissez ? demanda Lex, surprise.

— Bien sûr, cracha-t-il. Je vous ai vu au milieu des débris. Je vous aurais empêché de partir si ce grossier personnage ne m'avait pas hurlé dessus. Vous me devez de sacrées réparations pour les dommages causés à notre propriété.

— Je ne vois pas pourquoi, lui répondit calmement Lex, sachant qu'il ne se laissait pas intimider par les cris.

Jeffrey Schreck avait essayé. Mais il aimait répandre des rumeurs sur les livres rares. Alors, l'argent devait être sa corde sensible.

— En fait, c'est à vous de me présenter vos excuses. Vous avez empilé les livres avec si peu de respect pour la santé et la sécurité de vos clients. J'aurais pu être sérieusement blessée.

La mâchoire du superviseur se serrait et se relâchait comme s'il cherchait ses mots avec soin. Son attitude changea d'un coup et il tendit une main pour la guider vers son bureau.

— Asseyez-vous madame, et dites-moi ce que je peux faire pour vous ?

Lex inclina la tête comme si elle lui faisait une faveur et s'installa dans la chaise en face de lui. Elle attendit qu'il s'asseye et lisse sa cravate avant de prendre la parole. Il portait le même uniforme qu'elle avait vu auparavant. Un costume gris tout simple qui, une fois fermé, avait l'air bas de gamme.

— Visiblement, vous informez vos clients que je suis en possession du livre à la couverture blanche. Celui acheté lors de la vente des biens de M. Smith, commença Lex. Je me suis dit que je gagnerais du temps en venant directement vous voir. Si vous pouviez m'indiquer exactement qui a montré de l'intérêt pour le livre, nous pourrions organiser la vente plus facilement.

— Qu'est-ce que ça me rapporterait ? répliqua le superviseur.

— Vous évitez une plainte. Vous vous rappelez ? lui demanda Lex.

Elle mit la main sur son bras et frotta comme pour soulager un endroit douloureux.

— Vous savez, je crois bien que l'un des livres m'a fait mal en tombant. Ça pourrait être grave.

Le superviseur se racla la gorge et ouvrit un tiroir de son bureau pour en sortir un calepin. Il l'ouvrit sur une page remplie de gribouillis.

— Y avait-il quelqu'un qui semblait particulièrement intéressé ? demanda Lex.

Elle faisait de son mieux pour garder son excuse tout en récoltant les informations qu'elle était vraiment venue chercher.

— Quelqu'un de passionné par le livre ?

— Hmm, réfléchit le superviseur en tapant son stylo contre son menton. Il y en avait un. Un libraire. Il a piqué une crise lorsque je lui ai dit que le livre avait déjà été vendu. Comment s'appelait-il déjà… ? Ah ! Jeffrey Schreck.

Lex grogna intérieurement tout en essayant de rester impassible. Elle se souvint de la façon dont il avait crié sur le superviseur tandis que Cassie et elle s'en allaient. Il était écarlate et s'agitait dans tous les sens. Une crise, c'était le bon terme pour décrire son comportement.

— Je le connais, dit Lex.

S'il ne savait pas que Schreck était mort, il valait mieux ne pas en parler.

— Vous avez d'autres noms en tête ?

— Non, pas vraiment, dit-il.

Il se penchait en avant, comme pour voir quelque chose de l'autre côté du bureau.

— Pardon, mais vous avez amené votre chat avec vous ?

— Oh, oui, répondit Lex en cherchant Hécate des yeux avant de se forcer à rire. Elle me suit parfois. Vous savez comment sont les chats.

Elle regarda Hécate parcourir la pièce. On aurait dit qu'elle était en mission, concentrée, les yeux grands ouverts et les oreilles en avant. Alors que Lex était sur le point d'abandonner, Hécate se figea près d'une bibliothèque. Celle juste à côté du bureau. Elle se mit à cracher et sortir les griffes. Une de ses pattes fendit l'air.

Les yeux de Lex s'écarquillèrent.

— Oh, elle est féroce, dit le superviseur en riant. Elle a dû sentir une souris. Regardez-la s'enfuir !

Lex se força à rire avec lui. Elle réagit comme si le comportement d'Hécate était étrange et non pas révélateur. Le livre était ici, c'était certain. Lex n'avait vu Hécate réagir de cette façon qu'une seule fois, et seulement en présence du livre blanc. Un frisson la parcourut. Se trouvait-elle devant le voleur ?

Il n'y avait qu'une seule façon d'être sûre, mais elle ne pouvait pas simplement se lever pour vérifier. Pas tant qu'il l'observait.

— Excusez-moi, quel est votre nom ? demanda-t-elle en réalisant qu'elle ne le connaissait pas.

— Karl Withers, dit-il fièrement comme si c'était l'une de ses plus grandes réussites.

— Karl, dit Lex. Pourriez-vous me rendre un service ? Voulez-vous bien me faire une copie de cette page pour que je la ramène à mon patron afin de lui montrer les noms ?

— Avec plaisir, dit Karl avant de récupérer le calepin et de se lever. Euh, notre photocopieur est dans une autre pièce. Ça ne vous dérange pas d'attendre ?

— Pas du tout, dit Lex.

Elle s'enfonça sur sa chaise pour montrer qu'elle n'avait aucune intention de bouger avant son retour.

Mais à la seconde où il quitta la pièce par la porte du fond, Lex bondit. C'était le moment.

Elle se dirigea vers la bibliothèque et fit semblant de parcourir les titres au cas où Karl reviendrait. Ils n'avaient aucune valeur et portaient sur la décoration et la gestion de patrimoine. Ce n'était pas cela que Lex cherchait. Elle regarda Hécate, inquiète d'avoir mal interprété son message. Mais le chat regardait désespérément la bibliothèque, comme pour surveiller le moindre de ses mouvements.

Lex fixa de nouveau les livres pour trouver la solution. Il n'y avait rien dedans, mais Hécate semblait convaincue du contraire. Alors, où était-il ?

Puis elle comprit. Hécate regardait droit devant et non un livre en particulier. Juste devant. Après un regard vers la porte où Karl avait disparu, Lex mit sa tête contre le mur et regarda derrière la bibliothèque.

Il était là.

Le livre blanc était coincé entre le mur et le meuble, seule sa tranche était visible. Lex reconnut immédiatement les dorures et les symboles étranges de son souvenir. Elle tendit la main et attrapa le livre pour le sortir.

Si le livre était ici, cela voulait dire que Karl Withers était le voleur. Mais aussi l'assassin de Jeffrey Schreck. Lex fouilla dans sa poche à la recherche de son portable. Elle devait appeler la détective Santos. Elle devait lui dire qu'elle l'avait trouvé.

— Détective Santos, annonça-t-elle dès que l'appel se connecta. C'est Lex Blair. J'ai trouvé le tueur. Je suis à l'agence de gestion de patrimoine aux abords de la ville avec Karl Withers. C'était lui. S'il vous plaît, dépêchez-vous !

Lex se retourna au son d'une porte et croisa le regard de Karl Withers. Il arborait une expression surprise et son regard était focalisé sur le livre. Puis il leva les yeux et vit qu'elle était au téléphone.

— Que faites-vous ? demanda-t-il.

Lex ne répondant pas immédiatement, son expression devint hargneuse et il se déplaça rapidement. Karl se mit entre elle et la porte qui menait à l'extérieur.

La sortie était bloquée. Lex regarda autour d'elle, mais ne vit aucune échappatoire.

Elle était bloquée. Bloquée avec un tueur.

CHAPITRE VINGT-HUIT

Lex serra le livre blanc contre sa poitrine et recula vers le fond de la pièce, loin de Withers. Même si Santos était en chemin, il avait le temps de lui faire du mal avant qu'elle n'arrive. Il pouvait prendre le livre, sa seule preuve et la faire passer pour une idiote. Karl était capable de l'emmener de force à l'arrière et de la faire taire.

Le cœur de Lex résonnait dans ses oreilles. Elle regarda Hécate qui se tenait à ses côtés, le dos arqué, et les dents dehors. Cela ne la rassura qu'un petit peu. Une femme qui n'avait pas trop de force et un chat pouvaient-ils gagner un combat face à un homme ? Elle avait peur de devoir le découvrir.

— S'il vous plaît, dit Karl, ce qui la surprit. N'appelez pas la police.

Lex cligna des yeux. Où étaient les menaces ?

— Qu'allez-vous faire ? demanda Lex. Me faire taire ?

— Non, pas du tout, répondit Karl après s'être arrêté à bonne distance. Pitié. Je vous demande de ne pas prévenir la police, c'était une erreur. Je ne peux pas me permettre de me faire arrêter. Je perdrais mon travail. Je perdrais tout.

Lex hésita. Pour un tueur, il faisait plutôt pitié. Croyait-il vraiment qu'elle allait mentir sur le meurtre pour qu'il garde son travail ?

— Vous allez perdre beaucoup plus que ça, dit-elle. Vous allez passer le reste de votre vie en prison.

Withers pâlit.

— Pour avoir volé un livre ?

Lex s'interrompit, surprise.

— Quoi ? Non, pour meurtre.

— Meurtre ? éclata Withers.

Son visage devint encore plus pâle.

— Co-comment ça ? Je n'ai tué personne !

— Et Jeffrey Schreck ?

Les yeux de Withers s'écarquillèrent. Il avait l'air de tituber, comme si quelqu'un l'avait poussé en arrière.

— Jeffrey est mort ? Mais comment ? Je... je lui ai parlé il y a quelques jours !

147

Il semblait choqué, sa voix était tendue, sa surprise sincère. Lex n'était pas experte en psychologie ni sur les réactions des personnes coupables. Elle hésita. Il avait vraiment l'air d'apprendre la nouvelle. Mais ne serait-ce pas la réaction d'un tueur sans pitié ? Essayer de maintenir l'illusion de son innocence ? Le vrai tueur devait savoir qu'elle lui poserait la question.

— Vous n'êtes pas le tueur, déclara Lex.

Ce n'était pas une question. Elle voulait savoir si cela sonnait comme une vérité, mais elle n'arrivait toujours pas à décider.

— Mon Dieu, non ! se défendit Withers. Je ne ferais rien de tel ! J'ai juste pris le livre. Je le jure !

— Pourquoi ? demanda Lex. On vous a payé pour le récupérer ?

— Non, pas du tout. J'ai juste… Withers soupira. Je n'avais aucune idée de sa valeur lorsque vous l'avez acheté. Il a été estimé au même prix que les autres. Il n'y avait pas de titre, ni d'indices qui m'auraient permis de chercher en ligne, alors j'ai deviné. Ce n'est qu'après la crise de Jeffrey Schreck que j'ai réalisé combien il valait. Mais vous étiez déjà partie.

— Alors vous avez décidé de le récupérer, dit Lex.

— Il vaut beaucoup d'argent, poursuivit Withers.

Ses yeux cherchaient la compréhension de Lex.

— Une telle somme… Je pourrais partir à la retraite. Je… j'ai été faible. Tout ce que je voulais, c'était arrêter ce travail et passer un peu de temps avec ma famille. Je ne pensais pas que cela vous tiendrait autant à cœur. Vous avez fait une très bonne affaire et vous ne perdiez pas grand-chose. Et moi, j'avais tout à gagner.

— Comment êtes-vous entré ? demanda Lex. Les deux portes étaient fermées. La porte en métal du coffre est censée être impénétrable sans la clé.

— Je m'occupe de beaucoup de décès inattendus, répondit Withers, honteux, en baissant les yeux. Dans mon corps de métier, on appelle le serrurier tellement souvent qu'on finit par se dire qu'il doit y avoir un autre moyen. Moins cher et plus facile. Alors j'ai appris à crocheter les serrures et je suis devenu assez bon au fil des années. Je peux ouvrir n'importe quoi maintenant, tant que ce n'est pas électronique.

Lex fut obligée de soupirer. Montgomery était totalement contre l'utilisation des nouvelles technologies dans le magasin. Il ne leur faisait pas confiance. Mais maintenant, c'étaient ses méthodes à l'ancienne qui l'avait rendu vulnérable.

Mais il y avait quelque chose qui la perturbait. En regardant bien Withers, ses yeux lui semblèrent un peu trop écarquillés. Et il transpirait un peu trop, non ?

— À qui comptiez-vous vendre le livre ? demanda Lex.

— Je n'avais pas encore décidé. J'allais attendre un peu que les recherches s'arrêtent.

— Vous avez arrangé une rencontre avec Jeffrey Schreck, n'est-ce pas ? demanda Lex.

Elle plissait les yeux et commençait à voir une autre facette de l'homme en face d'elle.

— C'est évident. Vous avez volé le livre et programmé une rencontre le lendemain. Vous lui avez demandé de venir ici pour faire la transaction pendant le festival, lorsque tout le monde serait trop occupé pour vous voir.

— Je ne vois pas de quoi vous parlez.

— L'échange a mal tourné, c'est ça ? insista Lex. Jeffrey n'a pas voulu payer votre prix. Peut-être qu'il vous a menacé de tout divulguer si vous ne lui donniez pas le livre. Le ton est monté. Vous vous êtes emporté et vous avez frappé. Jeffrey est mort.

— Non, chuchota Withers.

Mais cela semblait moins sincère maintenant.

— Ça me semble logique.

Il y eut un fracas au même moment tandis que la détective Santos ouvrait les portes de l'agence et entrait, accompagnée d'un autre officier.

— Vous avez tout entendu ? demanda Lex.

Elle la regarda avec surprise. Elle était tellement concentrée sur Withers qu'elle n'avait pas remarqué les mouvements de l'autre côté de la fenêtre.

— Pour une agence de gestion de patrimoine, vous devriez vraiment investir dans votre infrastructure, dit Santos. Il faudrait penser au double vitrage, les gars. Karl Withers, c'est votre nom, n'est-ce pas ? Je vous arrête pour suspicion de vol et de meurtre.

Santos commença à lui réciter ses droits, mais il parlait en même temps qu'elle. Ses yeux exorbités fixaient la détective tandis qu'elle lui passait les menottes.

— Non, souffla-t-il. Je n'ai rien fait ! Ce n'est pas moi ! Je ne suis pas un tueur. Vous faites erreur. Je suis innocent !

Lex soupira en tenant le livre contre elle et Santos commença à faire sortir Withers.

C'est enfin terminé. Maintenant, elle pouvait enfin annoncer une bonne nouvelle à Montgomery et ramena Hécate chez elle.

***

— Je suis désolée d'avoir parlé du livre à la police, dit Lex.

Elle lui tendit le livre par-dessus le comptoir. Montgomery lui fit un sourire qui intensifia les pattes d'oie au coin de ses yeux. Il caressa d'une main le dos d'Hécate. Le chat était sur le comptoir à côté de lui, et même si elle regardait le livre avec méfiance, la main de Montgomery semblait l'apaiser.

— Non, non, pas d'excuses, dit-il. Mademoiselle Blair, vous avez sauvé notre livre. Et en plus, vous avez convaincu la police de nous le restituer. C'est du très bon travail.

Lex haussa les épaules.

— Santos a dit que je l'avais déjà contaminée en mettant mes empreintes partout. Et puis il l'avait déjà touché lors de la vente. Il n'y avait rien d'utile dessus qui pourrait le relier au crime. Alors elle n'avait aucune raison de le prendre.

— Peu importe la raison, nous l'avons récupéré, déclara Montgomery, visiblement heureux. Et vous serez ravie d'apprendre que je n'ai pas traîné en votre absence. J'ai organisé quelques modifications.

— Ah oui ?

— Oui. Maintenant, nous avons des mesures de sécurité supplémentaires. Et personne ne pourra plus entrer aussi facilement dans le coffre. Venez jeter un œil, jeter un œil !

L'esprit de Lex tournait à toute allure tandis qu'elle le suivait dans les escaliers. Qu'avait bien pu installer Montgomery ? Un système d'alarme ? Un clavier électronique avec empreinte digitale ? Une caméra au-dessus de la porte qui avait un détecteur de mouvements et alerterait Montgomery en cas de présence ?

En atteignant le haut des marches, Lex dut réprimer un sourire.

— Qu'en pensez-vous ? demanda Montgomery en lui montrant fièrement un gros cadenas accroché à une serrure en travers de la porte et de l'encadrement.

— Je suis sûre que ça apportera une protection supplémentaire, dit Lex.

Elle aurait dû se douter que Montgomery ne mettrait aucune technologie dans son magasin, peu importe les conséquences.

Montgomery sortit la chaîne de son col. Elle contenait maintenant deux clés. Une polie par les années et une autre flambant neuve. Il ouvrit d'abord le verrou et ensuite la porte. Il prit le livre blanc dans ses mains et disparut à l'intérieur de la pièce derrière la porte en métal. Cette fois, Lex ne fit aucune tentative de le suivre ou de regarder à l'intérieur. Montgomery avait ses secrets et cela ne servirait à rien de tricher. Un jour, il lui ferait assez confiance pour l'y inviter.

Il sortit triomphalement et fit en sorte de refermer la porte avec le livre en sécurité à l'intérieur.

— Voilà, dit-il. C'est la fin de cette histoire.

Lex sourit.

— Vous me préviendrez si un jour vous avez besoin d'aide pour nettoyer ou organiser la collection à l'intérieur ? lui demanda-t-elle, pleine d'espoir.

Montgomery lui lança un regard complice.

— Je ne pense pas que cela sera nécessaire, Mademoiselle Blair. Je garde tout bien rangé, bien rangé.

Au moins c'était clair. Les espoirs de Lex avaient été de nouveau anéantis. Mais elle n'allait pas abandonner. Il finirait par lui faire assez confiance. Elle devait juste continuer à lui prouver qu'elle le méritait.

Lex regarda l'horloge au-dessus de la cheminée et fut surprise par l'heure. Il se faisait tard. C'était le moment où se terminait normalement sa journée de travail.

— Avez-vous besoin d'aide pour autre chose ? demanda Lex avec l'espoir qu'il dise non.

Montgomery jeta un œil à la montre à gousset qu'il gardait toujours dans la poche de son gilet.

— Mon Dieu, c'est déjà l'heure ?

Il réfléchit.

— Non, vous en avez fait bien assez, Mademoiselle Blair. Passez une bonne soirée. Je vous verrai demain, verrai demain.

Lex sourit.

— Merci. Vous aussi !

Puis elle s'en alla. Lex dévala les escaliers et courut vers la porte. Elle avait quelque chose de prévu ce soir et très peu de temps pour se préparer.

CHAPITRE VINGT-NEUF

Lex lissa la jupe patineuse noire qu'elle avait sortie de son armoire. Elle regarda *La Lanterne de l'Océan* et se demanda si elle avait fait le bon choix. Pourquoi se sentait-elle aussi nerveuse ? Ce n'était qu'un dîner.

Maintenant que le mystère avait été résolu et que le livre blanc était de retour à sa place, elle n'avait aucune raison de repousser son rendez-vous avec Noah. Si c'était un rendez-vous… Lex ne savait pas vraiment. Il pouvait juste s'agir d'une sortie entre amis.

Elle hésita devant les portes. Ils avaient décidé de se retrouver à l'intérieur, mais une vague de peur déferla sur elle. Et si elle avait mal compris ? Peut-être qu'il voulait juste lui montrer le restaurant comme le ferait un ami ? Dans ce cas, elle serait trop habillée et aurait l'air ridicule. Ou pire, il serait focalisé sur l'une de ses recherches et ne remarquerait pas sa tenue.

Lex retint sa respiration. C'était une mauvaise idée. Elle ne voulait pas créer un malaise entre eux alors qu'ils étaient en train de devenir bons amis. Elle songeait à faire demi-tour lorsqu'elle sentit quelqu'un lui toucher doucement le bras, la faisant sursauter.

— Waouh, dit Noah.

Il souriait. Ses yeux gris vert avaient la couleur de la mer sous les falaises, calme et apaisante.

— Tu es magnifique.

— Oh ! s'exclama Lex.

Elle sentit ses joues s'empourprer devant ce compliment inattendu. Finalement, elle n'avait pas besoin de s'inquiéter. Noah portait un costume bleu foncé. La veste était ouverte, dévoilant une chemise blanche. Même son sac fétiche avait disparu et ses cheveux avaient l'air mieux coiffés que d'habitude. Même si ses boucles blondes refusaient d'être complètement plaquées.

— Merci. Et tu… tu es aussi très beau.

— On entre ? demanda Noah avec un grand sourire.

Il lui offrit son bras et Lex le prit. Elle avait une drôle de sensation. C'était comme s'ils avaient arrêté de jouer et qu'ils étaient soudain devenus des adultes.

Lex suivit Noah dans un escalier en colimaçon. Elle sourit lorsqu'il jeta un regard en arrière pour vérifier qu'elle était toujours là. Il était peut-être aussi nerveux qu'elle. On aurait dit qu'il avait du mal à croire qu'elle ne se soit pas défilée. Au sommet, un serveur en costume noir les mena à leur table à l'extrémité de la pièce. Là, la vitre courbée offrait une vue panoramique de la côte, de la ville et de la mer.

— Cet endroit est magnifique, s'exclama Lex.

Elle n'arrivait pas à détourner ses yeux de la mer. La soirée était calme sous le soleil qui se reflétait sur les vagues au loin. Quelques petits bateaux étaient visibles sur l'horizon. Celui-ci avait presque disparu, se confondant avec le bleu du ciel. Par contre, la plage commençait déjà à se remplir de monde. Lex plissa les yeux et vit que la plupart d'entre eux étaient déguisés en différents types de fleurs.

— Je te l'avais dit, rit Noah, ce qui ramena l'attention de Lex sur lui.

Ses yeux avaient la même couleur que l'océan.

— Attends de goûter leurs plats.

Lex prit docilement son menu et parcourut la liste des options. Tout avait l'air délicieux, mais elle ne savait pas sur quoi porter son choix.

— Qu'est-ce qui est bon ? demanda-t-elle.

— Tout, répondit Noah avec un sourire devant l'expression de Lex. D'accord, ça ne t'avance pas à grand-chose. J'aime beaucoup l'halloumi grillé avec le pesto de tomates séchées au soleil, le guacamole et les pommes de terre nouvelles.

Lex regarda de nouveau le menu pour trouver le plat.

— Je ne le vois pas, dit-elle. Je vois une version avec du saumon grillé, mais pas d'halloumi.

— Oh, il est derrière, dit Noah avec un sourire un peu gêné. Je suis végétarien, donc je commande sur le menu alternatif. Mais ça ne me dérange pas du tout si tu prends du poisson.

— Tu ne me l'avais jamais dit, dit Lex, surprise.

Maintenant, qu'elle y pensait, les seules fois où elle l'avait vu manger, c'était au café. Et il ne prenait que des gâteaux, des salades ou des paninis au fromage.

Noah haussa les épaules.

— J'essaie de ne pas en faire un aspect de ma personnalité, dit-il. Tu sais, ces gens qui veulent absolument convertir leur entourage ? Ça nous donne une mauvaise réputation. J'ai arrêté de manger de la viande et du poisson il y a quelques années. Peu après mes débuts au centre de recherche. Je me sentais vraiment mal de manger les choses que j'étudiais. Surtout qu'avec le temps, j'ai appris qu'ils avaient des personnalités et des relations familiales, et toutes ces choses que tu ne veux pas savoir.

Lex prit une décision rapide et posa son menu.

— Je vais prendre comme toi, dit-elle en souriant. Je n'ai jamais rien essayé de tel. Ce sera amusant.

— Cool. Maintenant que ce sujet a été abordé, nous pouvons parler de ce qui est vraiment important.

Noah sourit et Lex ressentit une bouffée de terreur.

— Que s'est-il passé dans l'affaire ? J'ai entendu que Santos avait arrêté quelqu'un pour meurtre tout à l'heure.

Lex rit de soulagement et lui raconta tout ce qu'il s'était passé depuis leur dernière rencontre. Le temps qu'elle finisse, ils avaient terminé leur apéritif, une assiette riche et savoureuse composée d'houmous avec du pain pita à tremper dedans et des olives sur des cure-dents. Chaque bouchée de pain fondait dans sa bouche et l'houmous était crémeux et lisse. Chaque olive était un éclat de saveur qui complétait parfaitement le reste.

— Je me demande ce qu'il l'a poussé à passer à l'acte ? demanda Noah en reculant sur sa chaise avec son verre de vin.

— Je suppose qu'il avait vraiment besoin d'argent, soupira Lex.

— Non, je ne parle pas du vol, dit Noah. Pourquoi a-t-il tué Schreck ? Il avait déjà le livre, ce n'était pas nécessaire.

— Je me suis dit que la vente avait mal tourné, répondit Lex. Une sorte de confrontation.

— Hmmm.

Noah ressassa la situation dans son esprit et haussa les épaules.

— Ça me paraît un peu bizarre. Le meurtre est un crime tellement plus grave que le vol. Et Jeffrey Schreck avait de l'argent, il était déjà prêt à acheter le livre. Je suis sûr qu'il aurait payé la somme que Withers demandait. En y repensant, je me suis aussi demandé pourquoi ils avaient décidé de se rencontrer dans l'allée qui mène à ton appartement ?

Un frisson parcourut l'échine de Lex. Elle n'avait pas vu les choses sous cet angle. Au début, elle avait cru que Schreck venait la voir. Mais s'il n'y avait aucun rapport, alors Noah avait raison. Pourquoi choisir de faire l'échange de livre juste devant l'appartement de l'une des seules personnes à savoir qu'il avait été volé ?

— C'est une drôle de coïncidence, concéda-t-elle. Et Withers n'arrêtait pas de répéter qu'il était innocent. À partir du moment où je l'ai confronté jusqu'à ce qu'il soit emmené par la détective. Il a avoué le vol, mais pas le meurtre.

— Tu l'as cru ?

— Non, dit Lex avant d'hésiter. Mais… c'est un lâche. Il m'avait coincé dans son bureau et au lieu de me menacer ou de me blesser, il m'a supplié de ne pas le dénoncer. Lorsque je l'ai accusé de meurtre, il a failli pleurer. Et il était… maigrichon. Je ne pense pas qu'il ait eu la force de maîtriser un homme comme Schreck.

Noah lui lança un regard sérieux.

— Alors la personne qui a tué Jeffrey Schreck est toujours dehors.

Cette réalisation frappa Lex comme une flèche.

— Et si cette personne a déjà tué pour le livre, c'est qu'elle est toujours à sa recherche.

— Ne t'inquiète pas, dit Noah en haussant les épaules.Ce sera impossible de le récupérer des mains de la police.

— Il n'est pas au commissariat, répondit Lex.

Elle posa son verre de vin avec fracas et faillit en renverser.

— La détective Santos a dit qu'il avait peu de valeur juridique et m'a autorisé à le reprendre. Il est au magasin.

Noah la fixa.

— Tu veux dire qu'il est à l'endroit même où il a déjà été volé ? Avec pour seule défense Montgomery ?

— Oui, répondit Lex en se levant bruyamment de sa chaise. Et il ignore tout du danger.

CHAPITRE TRENTE

Noah rattrapa Lex à mi-chemin de *La Curieuse Librairie* après avoir pris le temps de payer leur addition et annuler leur commande. Lex devait admettre qu'elle se sentait mieux avec lui à ses côtés. Il y avait quelque chose de terrifiant dans le fait de courir pour attraper un tueur. Surtout seule et sans aucun moyen de défense.

Peu importe. Lex ne pouvait pas laisser Montgomery seul. Elle ne pouvait pas rester assise et passer une bonne soirée en attendant de découvrir si lui aussi avait été tué. Même si cela impliquait de se mettre en danger, elle devait l'aider.

Lex laissa échapper un petit cri lorsqu'elle tourna dans la rue en face de *La Curieuse Librairie*. Le quartier était calme puisque la majorité des habitants était partie en direction de la plage pour regarder les célébrations de fin du festival. Mais la porte du magasin était entrouverte. L'heure de fermeture était depuis longtemps passée. Montgomery aurait dû fermer le magasin et monter au premier pour s'occuper de ses affaires. Parfois il y passait la nuit avec les lumières allumées.

Le fait que la porte soit ouverte indiqua une chose à Lex. Elle attrapa le bras de Noah pour l'avertir, il ralentit près d'elle. Le tueur était à l'intérieur.

Lex s'arrêta près de la porte pour retirer ses chaussures. Bien que ses talons soient petits, ils l'avaient gênée dans sa course à travers la ville et ses pieds lui faisaient mal. Mais il y avait autre chose. Lex savait que ses chaussures feraient beaucoup de bruit sur le parquet. Elle avança doucement pieds nus sachant exactement où placer ses pieds pour éviter au bois de craquer bruyamment. Elle jeta un rapide coup d'œil dans la salle de navigation et la pièce principale.

Rien n'avait bougé, mais Lex ne se laissa pas distraire. Elle mit un doigt sur ses lèvres et indiqua le comptoir. Noah hocha sombrement la tête avant de la suivre. Ses chaussures ne faisaient pas beaucoup de bruit sur les tapis, mais Lex ne pouvait s'empêcher de grimacer à chacun de ses pas. Ils avaient besoin de l'élément de surprise. Le tueur les verrait arriver s'il se trouvait au premier étage.

Lex s'arrêta près du comptoir pour attraper quelque chose. Le gros registre où Montgomery consignait ses ventes. Ce n'était pas grand-chose, mais au moins elle pourrait s'en servir pour se défendre si besoin. Elle s'imagina un couteau s'enfonçant dans le livre et frissonna. Un instant, elle crut qu'elle n'aurait pas le courage d'y aller.

Mais il le fallait. Montgomery pouvait être là-haut, en danger.

Lex monta prudemment les marches en évitant celles qui craquaient le plus fort. Elle se figeait dès que l'une d'elle craquait sous son poids. Puisqu'aucun bruit ne lui parvenait du premier, elle continua. Son cœur battait si fort que c'était un miracle qu'elle arrive à entendre quoi que ce soit.

Une fois en haut, Lex retint sa respiration en voyant la porte en métal de nouveau ouverte. Le cadenas gisait sur le sol accompagné du verrou qui avait directement été arraché de l'encadrement en bois. Voilà une sécurité bien inutile. Heureusement, il n'y avait aucun signe de Montgomery et elle espérait qu'il était rentré chez lui se changer pour le festival.

Lex s'approchait de la porte en métal en attendant que Noah finisse de monter, lorsque celle-ci s'ouvrit plus largement. Et elle se retrouva nez à nez avec le cambrioleur.

Ils se fixèrent un moment. Il tenait le livre blanc dans ses mains. Impossible de nier les raisons de sa présence ici. Le voleur avait été pris la main dans le sac. Mais ce n'était pas cela qui coupa le souffle de Lex.

— Vous, chuchota-t-elle.

— Poussez-vous de mon chemin, cracha Edward La Vey, sur la défensive.

Sa voix n'avait plus rien de poli ni de respectueuse, le charme s'était estompé. Tout comme son accent anglais, réalisa Lex. Sa voix avait désormais les caractéristiques d'un homme du Sud, rien à voir avec le gentleman anglais. Elle avait été dupée, comme tout le monde. Il n'était pas celui qu'il prétendait.

— Ça ne vous appartient pas, répondit Lex.

Elle n'abandonnerait pas et ne le laisserait pas repartir avec le livre. Elle devait s'assurer qu'il ne blesse personne d'autre.

Edward lâcha un rire. Il était maintenant tellement différent de son ancienne personnalité que Lex faillit reculer. Elle l'avait très mal jugé. Il n'avait rien du tout de charmant.

— Il ne m'appartient pas ? dit-il. D'ici, on dirait bien que si. Vous me l'avez piqué juste sous mon nez, vous n'avez aucun droit dessus.

— Ce n'est qu'un livre, dit Lex. Je sais qu'il vaut beaucoup d'argent, mais il n'en vaut pas la peine. Il ne vaut pas la mort de quelqu'un.

— Qu'un livre ! cria Edward comme si c'était une blague. Vous êtes complètement ignorante. Vous n'avez aucune idée de ce que vous possédez, ni de son importance ! J'ai passé ma vie à chercher ce livre, et vous n'allez pas m'empêcher de repartir avec.

— Nous ne pouvons pas vous laisser partir, dit Lex. Il y a un innocent en train de se faire interroger par la police pour un crime que vous avez commis. C'était bien vous ? Vous avez tué Jeffrey Schreck.

— Vous en avez la preuve ? répondit Edward, amusé.

Il avait même l'air très calme. En dehors de sa colère lorsqu'elle lui avait demandé de rendre le livre, il n'avait l'air ni inquiet ni effrayé. Il avait le contrôle de la situation, réalisa-t-elle. Il ne croyait pas une seule seconde qu'elle serait capable de l'arrêter. Ce n'était qu'un contretemps dans son plan. Cela faisait plus peur à Lex qu'elle ne voulait l'admettre.

— C'est assez évident, dit-elle.

Elle essayait de garder la face. S'il sentait sa peur se serait terminé pour eux.

— Vous avez organisé une rencontre car vous pensiez que c'était lui qui nous avait volé le livre, non ?

— Eh bien oui, répondit La Vey, pensif. J'ai du mal à croire que je me suis trompé. Mais cela n'a plus d'importance maintenant.

— Bien sûr que si, lui dit Lex. C'est à cause de vous si Schreck est mort. Que s'est-il passé ? Vous vous êtes énervé lorsque vous avez compris qu'il n'était pas du tout le voleur ? L'avez-vous tué par colère ou juste pour éviter que quelqu'un d'autre ne sache que vous étiez à la recherche du livre ? Ou alors vous ne l'avez pas cru et vous avez décidé de le tuer pour pouvoir le fouiller par vous-même.

— Toutes ses insinuations sont incorrectes, répondit froidement La Vey. Je n'ai jamais voulu mettre un terme à sa vie. Nous nous sommes disputés, mais c'était censé s'arrêter là. Lorsqu'il a commencé à m'énerver, je me suis laissé emporter. Il était si petit, je n'avais aucune raison de me battre avec lui. Mais je l'ai poussé. Cette odieuse petite chose est tombée et s'est cognée la tête. Pauvre homme, il n'a rien vu venir. Mais c'est tout. Il était mort et je ne pouvais rien faire de plus.

— Vous dites ça comme si vous étiez totalement innocent, dit Lex avec dégoût. Et pourquoi lui avoir donné rendez-vous en bas de chez moi ? Pour me faire accuser ?

— Chez vous ? répéta La Vey en secouant la tête. C'était une petite allée minable.

Lex voulut presque rire, sauf que ce n'était pas du tout drôle.

— Vous ne le saviez même pas ? chuchota-t-elle.

— Cela n'a plus d'importance maintenant, dit La Vey en agitant la main, celle qui tenait le livre blanc. J'ai le livre. Et je vais repartir avec.

— Non, dit Noah en s'approchant de Lex. Hors de question.

À eux deux, ils bloquaient entièrement l'accès à l'escalier.

La Vey n'avait pas l'air inquiet ou en colère. Il ne laissait transpirer aucune des émotions que Lex aurait imaginé. En fait, il avait juste l'air de s'ennuyer. Il leva l'autre main, celle qui était vide, et murmura quelques mots dans sa barbe que Lex ne comprit pas. Elle était tellement concentrée et focalisée pour essayer de l'entendre qu'elle ne vit pas Noah s'écrouler au sol avec fracas.

Lex sursauta et s'agenouilla à ses côtés. Ses yeux étaient fermés et sa bouche ouverte. Elle le toucha. Sa peau était chaude et le pouls sur son cou était normal. Il s'était soudain évanoui ? Que venait-il de se passer ?

En dehors de toute probabilité, Noah laissa échapper un ronflement et changea légèrement de position sans ouvrir les yeux.

— Noah, l'appela Lex désespérément.

Il avait l'air endormi. Comment était-ce possible ? Comment pouvait-on s'endormir comme ça en plein milieu d'une confrontation ?

— Ne vous inquiétez pas, dit La Vey. Il est juste endormi. Et vous allez vite le rejoindre. Il leva de nouveau la main et commença à murmurer. Lex le regardait ébahie et complètement perdue.

Puis il y eut soudainement un déchainement de grognements et un flash de fourrure noire. Lex fit un bond en arrière avant de réaliser que c'était Hécate. Le chat s'était jeté de tout son petit corps sur La Vey depuis une étagère et lui griffait le visage. La Vey essaya de se défendre avec ses mains et il perdit le fil de ses paroles.

Lex resta un instant figée par le choc. Mais elle reprit ses esprits et décida qu'il était temps de bouger. Elle devait agir maintenant, avant que l'opportunité ne lui échappe et qu'il ne repousse le chat. Lex attrapa le livre en l'arrachant sans mal de sa main. Puis elle recula et se dirigea vers les escaliers à toute vitesse. Elle trébucha sur l'une des marches mais réussit à retrouver son équilibre, poussée par l'adrénaline.

Elle savait qu'elle laissait Noah derrière, mais il serait un poids mort tant qu'il ne se réveillait pas. Impossible de les sortir, lui et le livre, en même temps. Étant donné que La Vey le voulait plus que tout, elle espérait qu'il la poursuivrait et laisserait Noah tranquille. Mais surtout qu'elle aurait le temps de s'enfuir et de lui échapper avant qu'il…

Lex sortit en trombe par la porte de *La Curieuse Librairie* et se cogna immédiatement dans quelque chose de dur. Un court instant, tout juste le temps de reprendre son souffle, Lex se rendit compte qu'elle avait percuté une personne. Et pas n'importe laquelle. La détective Rosa Santos la regardait avec affront, mais aussi suspicion. Lex entendit des pas lourds derrière elle et se jeta en avant derrière Santos pour mettre la détective entre La Vey et elle.

— C'est lui ! cria Lex en continuant de serrer le livre contre elle. C'est le tueur !

La Vey se figea sur le pas de la porte, confus de trouver Rosa Santos devant lui. Il entendit la voix de Lex et remarqua le pistolet que Santos sortait et l'insigne de police autour de son cou.

Il avait l'air coupable. Son visage était griffé et saignait à cause de l'attaque d'Hécate. Son expression était froide, violente et emplie de colère lorsqu'il était sorti du magasin. Maintenant, son visage se renfrognait. Il ne lui fallut qu'un moment pour prendre sa décision. Il profita de son élan pour s'enfuir dans la direction opposée.

Santos jura et se jeta à sa poursuite. Après avoir rangé son arme dans sa ceinture, elle sauta et tomba sur La Vey de tout son poids. Ils se débattirent au sol. La Vey essayait toujours de s'échapper en se tournant dans tous les sens, mais Santos avait assez d'expérience avec les criminels pour l'arrêter. Elle réussit à lui attraper les deux bras et à lui passer les menottes.

— Vous êtes en état d'arrestation pour suspicion de meurtre, lui dit-elle à bout de souffle avant de prendre sa radio pour appeler du renfort.

L'officier que Lex avait déjà vu avec la détective sortit de la voiture de police garée un peu plus loin et courut jusqu'à eux.

— Noah, s'écria Lex en se tournant vers le magasin. Mon ami… Il est à l'intérieur. Il a peut-être besoin d'un médecin !

Santos lança un regard à l'autre agent et commença à appeler une ambulance tandis que Lex se précipitait à l'intérieur pour rejoindre le premier étage.

CHAPITRE TRENTE-ET-UN

Noah était toujours allongé au sol lorsque Lex le trouva. Elle eut des sueurs froides et s'accroupit à ses côtés pour poser une main sur son épaule. Son cœur manqua un battement lorsque les paupières de Noah s'ouvrirent.

— Noah ?

Il cligna doucement des yeux et regarda autour de lui.

— Où… pourquoi je suis par terre ?

Lex se mordit la lèvre sans trop savoir quoi lui répondre. Elle pouvait entendre le bruit des véhicules qui se garaient dehors. Le gyrophare bleu et rouge illumina momentanément les murs à travers la fenêtre.

Un secouriste apparut en haut des escaliers.

— C'est le patient qui nécessite une assistance médicale ?

— Il vient de se réveiller, expliqua Lex.

Elle observa avec inquiétude Noah se faire examiner. On lui posa des questions sur sa chute et sur son ressenti. Pendant un instant, Lex observa la porte en métal. Elle était toujours ouverte. C'était sa chance d'y entrer…

Mais c'était impossible. Pas maintenant. Elle devait rester avec Noah et s'assurer qu'il allait bien. Et aussi donner sa déposition à la police. De plus, Montgomery lui faisait confiance. Elle ne pouvait pas le trahir et saisir la moindre opportunité d'entrer sans lui. Elle se leva et ferma la porte qui se remit en place avec un bruit sourd. Lex espérait que ce ne serait pas facile de la rouvrir. Si elle n'en profitait pas pour regarder à l'intérieur, alors elle espérait que la détective Santos n'entrerait pas non plus. Cela aurait enfoncé le couteau dans la plaie, sans parler de l'intrusion dans la vie privée de Montgomery.

Après quelques minutes, le secouriste haussa les épaules.

— Vous avez l'air d'aller mieux. Ce devait être une crise d'hypoglycémie. J'ai des biscuits dans l'ambulance pour ce genre de choses. Je vais aller les chercher. Essayez de descendre les marches si vous le pouvez.

— Je me sens très bien, dit Noah.

Il se releva et secoua ses membres un à un, comme pour les tester.

— Tu en es sûr ? demanda Lex. Je ne veux pas que tu tombes dans les escaliers…

Noah acquiesça. Il avait l'air déterminé et s'approcha des marches, puis descendit au rez-de-chaussée avant de sortir. Lex le suivit dans la rue. Les renforts de Santos étaient déjà arrivés, et La Vey semblait avoir été arrêté et placé à l'arrière d'un véhicule.

— Vous deux, dit Santos en s'approchant avec un calepin et un crayon. J'ai besoin de prendre vos dépositions sur les évènements de ce soir.

— Asseyons-nous, suggéra Lex.

Elle prit place sur le pas de la porte, Noah à ses côtés. Ils lui racontèrent tout ce qu'ils pouvaient sur le déroulement de la soirée. Depuis leur appel sur le chemin jusqu'ici, en terminant par l'arrivée de Santos. La détective sembla satisfaite de leurs réponses. Elle les nota sur son calepin avant de lancer quelques ordres aux autres professionnels sur place, ignorant totalement Noah et Lex. Celle-ci devait avouer que c'était mieux comme ça.

Elle tendit à Noah une bouteille d'eau laissée par le secouriste tandis que Santos retournait à sa voiture.

— Vous êtes sûr que ça va aller ? demanda-t-elle.

— Certain, répondit Noah, dépité, en secouant la tête la bouteille à la main. C'est tellement embarrassant. S'évanouir en plein milieu d'une telle situation.

Lex rit doucement. C'était encore trop récent pour en rire. Mais elle savait qu'ils en plaisanteraient à l'avenir.

— C'est de ma faute, dit-elle. C'est moi qui ai interrompu notre dîner pour aller attraper un tueur. Je suis désolée.

Noah eut un rire franc cette fois.

— Je ne sais pas combien de personnes peuvent dire qu'elles ont eu un premier rendez-vous comme celui-là. dit-il. C'était amusant. On essaiera juste quelque chose de plus relaxant pour notre deuxième rendez-vous.

— Ça veut dire qu'il y en aura un autre ? demanda Lex tandis que le rouge lui montait aux joues.

Noah sourit.

— J'espère bien.

Lex se tourna pour voir la voiture conduite par Santos qui s'en allait avec à son bord Edward La Vey. Pendant un moment, elle aperçut le visage de la détective qui l'observait dans le rétroviseur.

— Tu es bien sûr que ce n'était que de l'hypoglycémie ? demanda Lex.

Elle ne pouvait s'empêcher de penser aux mouvements qu'Edward avait faits avec sa main et aux mots qu'il avait murmurés.

— Le secouriste a dit que j'allais bien, répondit Noah en prenant ses doutes pour de l'inquiétude. Je me suis déjà évanoui quelques fois pendant mon adolescence, lorsque j'oubliais de manger sainement. Cela faisait longtemps que ce n'était pas arrivé. Je suppose que je me suis laissé aller. Ça n'arrivera plus. Promis. Enfin bref, nous devrions nous en aller. Je crois que *Déjà Bu* reste ouvert tard aujourd'hui pour la fin du festival. Tu veux aller boire un café ?

— Pourquoi pas, accepta Lex.

Elle avait laissé le livre en haut… Devrait-elle le ranger ? Elle se posait encore la question lorsqu'elle vit Montgomery accourir dans la rue. Il était habillé de façon improbable dans un costume rond et vert en forme de citron.

Lex laissa échapper un soupir de soulagement en le voyant sain et sauf. Elle était tellement soulagée qu'il ait été absent. Les choses auraient pu mal tourner si La Vey avait dû passer outre Montgomery pour avoir le livre. Lex n'avait aucun doute sur le fait qu'il ait été assez désespéré et dangereux pour causer de sérieux dégâts.

— Mademoiselle Blair ? s'écria-t-il.

Il se précipita vers elle et lui prit les mains. Ses cheveux blancs étaient aplatis sous un chapeau vert assorti à sa tenue. Il était placé si haut sur son crâne qu'il avait dû le maintenir en place pour courir. Maintenant, il se balançait dangereusement.

— Vous allez bien ? La police m'a appelé concernant un cambriolage…

— Je vais bien, dit Lex en riant.

L'adrénaline qui s'écoulait en elle était presque entêtante.

— Montgomery, vous alliez au festival ?

Il s'éclaircit la gorge puis relâcha ses mains avant de tirer sur son costume et son nœud papillon lumineux qui clignotait joyeusement.

— Oui, euh, souffla-t-il, un peu penaud. On m'a demandé de diriger la parade finale de la fanfare sur la plage. Je ne joue pas, mais ils se sont dits que je pouvais battre la mesure avec un triangle.

Lex rit de nouveau, non pas pour se moquer, mais parce qu'elle était heureuse qu'il soit vivant pour porter ce genre de costume. Il n'avait rien à voir avec son apparence habituelle très conservatrice.

— Les autres membres de la fanfare sont aussi des fruits ? demanda-t-elle.

— Eh bien, c'est le festival de l'été, dit Montgomery. Les bananes jouent du tambour, les oranges les instruments à vent et les fraises ont… non, attendez, ce sont les oranges qui jouent de la flûte… ?

— M. David, l'interrompit un officier qui venait de l'intérieur du magasin. Nous aurions besoin que vous veniez vous assurer qu'il ne manque rien.

— Oh, oui, oui, dit Montgomery, distrait. Euh, je suppose… ai-je le temps de me changer ?

Lex rit et se tourna vers Noah tandis que l'officier guidait Montgomery à l'intérieur et l'aidait à se mettre de profil pour passer la porte.

— Seulement à Incanton, dit-elle.

— On s'y habitue, rit Noah.

Ils marchèrent doucement jusqu'au café. Leur conversation se tourna vers d'autres sujets plus normaux tandis qu'ils essayaient de calmer les battements de leurs cœurs. Comme les derniers résultats des observations de Noah sur un groupe de tortue de Kemp. Le temps qu'ils arrivent chez *Déjà Bu,* Lex commençait à se sentir mieux. Cette fois, c'était vraiment terminé, le tueur était en garde à vue et l'histoire du vol avait été réglée.

À l'intérieur, le café était rempli de clients mais Cassie guida rapidement Noah et Lex vers une table où il y avait deux chaises libres Apparemment, tous étaient assis par petit groupe et profitaient de l'ambiance festive sans vraiment faire attention aux tables individuelles. Étrangement, Cassie était en train de détacher le muselet autour du bouchon de liège d'une bouteille de champagne. Elle semblait tout excitée.

— Venez célébrer ! les appela-t-elle.

Elle ouvrit le bouchon tandis que Noah et Lex s'approchaient. Il y eut une exclamation joyeuse de la part des personnes rassemblées lorsque de la mousse sortie de la bouteille. Cassie attrapa des flûtes de champagne et commença à les remplir.

Lex fronça les sourcils, confuse, même si elle souriait.

— Comment as-tu su que nous avions une nouvelle à célébrer ? demanda-t-elle avant de secouer la tête et de rire. Que célèbres-tu ?

Cassie haussa un sourcil en direction de Lex et Noah. Elle fit un signe en direction de l'espace entre eux qui n'était pas très large.

— Que célébrez-*vous* ? demanda-t-elle.

Lex fit de son mieux pour ne pas rougir.

— Nous venons d'aider la police à capturer le tueur de Jeffrey Schreck, dit-elle. Et nous avons aussi récupéré le livre qui nous avait été volé.

Cassie rit.

— Excellent, s'exclama-t-elle. J'ai sorti le champagne pour mon père. Il a enfin trouvé quelqu'un après toutes ses années sans ma mère.

Lex observa autour d'elle et remarqua ce qu'elle avait raté au premier coup d'œil. Ian Blacksmythe était assis à côté de Glinda Weatherwax. Ils se tenaient la main.

— Il te l'a dit ? demanda-t-elle avant de se couvrir rapidement la bouche, espérant ne pas avoir mis Ian dans l'embarras.

— Oui, et je sais que tu l'as découvert en première, rit Cassie. Ils m'ont tout raconté. Papa était très nerveux de l'annoncer, mais je suis très heureuse pour eux.

— Pas aussi heureuse que moi d'avoir une fille aussi merveilleuse.

Ian rayonnait, le visage rose de joie.

— Mais je pense que l'on peut célébrer l'arrestation d'un tueur, continua Cassie en remplissant la dernière coupe. Santé !

— Santé ! répondit Lex en cœur.

Elle leva son verre et sourit lorsque les bulles coulèrent dans sa gorge.

Elle n'arriverait jamais à quitter cet endroit. Lex s'en rendit compte en regardant ses nouveaux amis. Demain, elle appellerait Matt Lang pour lui dire qu'elle refusait le poste. Et elle irait de l'avant sans hésitation, mettant en action son plan pour démarrer la nouvelle phase de sa vie. Rechercher son père et ouvrir sa propre librairie, comme elle l'avait rêvé.

CHAPITRE TRENTE-DEUX

Lex se réveilla tôt le mardi matin en dépit de toute l'agitation de la veille. Elle s'habilla rapidement, monta dans sa voiture et démarra. Le chemin qu'elle prit pour aller au travail n'avait jamais été aussi long.

Elle devait repasser devant. Même si c'était la dernière fois, elle voulait regarder l'église de Marshfield. L'admirer, s'arrêter pour la regarder un moment et rêver. Ça ne ferait de mal à personne.

Elle ralentit en passant devant elle pour l'admirer. L'antiquaire était toujours recouvert d'une pancarte « dépôt de bilan », mais une autre était apparue sur l'une des fenêtres. Une pancarte qui n'était pas là auparavant. Le cœur de Lex fit un bond. Elle dut se garer et arrêter la voiture. Sur la pancarte, on pouvait lire : « Bail à céder ».

Lex la fixa un moment, l'esprit en ébullition. C'était parfait. Magnifique. À couper le souffle. Et le timing était parfait. Aussi triste que soit la mort de Jeffrey Schreck, elle signifiait qu'il y avait un manque à combler dans le marché. Si personne ne reprenait les locaux de *C'est l'Occasion ou Jamais*, il y aurait de la place à Marshfield pour une librairie d'occasion. Elle n'aurait même pas besoin de quitter Incanton. Son appartement n'était qu'à un quart d'heure de route.

Mais n'était-ce pas trop tôt ?

Elle voulait prendre plus de temps pour que Montgomery lui montre les ficelles. Et elle n'avait pas encore eu le temps de le faire. D'un autre côté, Montgomery était tellement rempli de mystère et de secret qu'elle n'en apprenait pas autant qu'elle l'aurait souhaité. Il ne lui confierait peut-être jamais la vérité sur la gestion de son entreprise. Et si c'était le cas, pourquoi ne pas directement apprendre de sa propre expérience ?

Lex n'était pas sûre. Elle se força à bouger et à s'éloigner de l'église pour prendre la direction de *La Curieuse Librairie*. Mais même après avoir tourné, Lex pouvait encore voir les contours du bâtiment imprimés sur ses paupières.

***

168

Lex mit son sac derrière le comptoir avec un soupir satisfait. Cet endroit lui donnait toujours le sentiment d'être chez elle, rêve ou pas. C'était rassurant de venir travailler ici et de voir que tout allait bien, de n'avoir aucun meurtre en vue.

— Je vous dois une fière chandelle, Mademoiselle Blair, dit Montgomery. Je ne sais pas comment vous remercier pour votre héroïsme. Vous vous êtes précipitée ici pour sauver le livre et peut-être ma vieille carcasse.

— N'importe qui aurait fait la même chose.

Lex haussa les épaules.

— Je savais que la police mettrait du temps à arriver ici après notre appel et j'étais plus proche. Je devais m'assurer que rien d'autre n'arriverait.

— Je ne pense pas que n'importe qui aurait risqué sa vie, la corrigea Montgomery, une étincelle dans le regard. Vous serez de toute façon récompensée. Toute cette agitation autour du livre m'a permis de trouver un acheteur rapidement. Et comme promis, vous recevrez une commission pour votre implication dans sa découverte et sa conservation.

Lex sourit. Elle était ravie d'accepter au moins ça. Ce serait un accélérateur dans son rêve d'avoir son propre magasin. Que ce soit l'église ou ailleurs. Elle avait besoin de tout le capital possible, et ce bonus serait une belle addition.

La cloche sonna et Lex se redressa. Elle se tourna vers la porte pour accueillir le premier client du jour. Cependant, son cœur se serra lorsqu'elle vit de qui il s'agissait.

Mme Sanderson entrait impérieusement dans la pièce, sa longue robe d'un gris-charbon balayait le sol. Derrière elle, aussi insouciant et impassible que jamais, se trouvait Eli.

— Ah, Mme Sanderson, dit Montgomery avec surprise.

Lex fut tout autant étonnée. La vieille femme avait déclaré qu'elle ne remettrait jamais les pieds dans le magasin.

— Désirez-vous passer à l'étage ?

— Non, merci, Monty. ce ne sera pas nécessaire, répondit Mme Sanderson.

Elle le congédia comme un insecte avant de tourner ses grands yeux sombres vers Lex.

— Je souhaiterais parler à Mademoiselle Blair.

Lex déglutit et eut l'impression que la pièce se refermait sur elle. Elle était dans de beaux draps. Mme Sanderson allait la détruire pour avoir osé accuser son neveu et sans doute lui ordonner de quitter la ville.

— Mademoiselle Blair, dit Mme Sanderson avant de prendre une grande inspiration et de se redresser de toute sa hauteur. Il se trouve que je vous dois des excuses.

Lex resta bouche bée.

— Vraiment ?

— Oui.

Le ton de la vieille femme était réticent et elle haussa fièrement le menton avant de poursuivre, sans vraiment regarder Lex dans les yeux.

— Mon neveu ici présent à juger bon de me rappeler que vous aviez maintenant aidé Montgomery à deux reprises. En vous mettant en danger pour le faire.

— Beaucoup plus que deux, beaucoup plus, protesta Montgomery avant que le regard assassin de Mme Sanderson ne le fasse taire.

— Je pensais que vous étiez comme votre père, et je voulais que vous disparaissiez. Il semble que je me sois trompée sur vous. Vous êtes différente.

Elle fit une pause et remit ses mains l'une sur l'autre.

— Xander Blair est passé par Incanton il y a des années. Il a insisté pour mettre son nez dans des affaires qui ne le concernaient pas. Ce n'est pas le genre de personnes que j'aime voir dans notre ville.

— Vous avez rencontré mon père ? répéta Lex.

L'information transperça son cœur comme une flèche. Des larmes se formèrent au coin de ses yeux et une vague d'émotions commença à la submerger d'un seul coup.

— Que s'est-il passé ? Combien de temps est-il resté ? Savez-vous ce qu'il lui est…

— Bien, l'interrompit Mme Sanderson en lissant avec attention l'avant de sa robe. Cela fait beaucoup de questions pour une seule journée. Vous pourriez venir me rendre visite chez moi la prochaine fois que vous êtes en congé. Nous pourrons à ce moment-là en parler plus en détail.

Lex prit cette invitation avec prudence, ne sachant quoi répondre. Mme Sanderson lui avait donné une information importante. Ainsi que la confirmation de la présence de son père à Incanton. Ce n'était pas le moment d'insister. Plus tard, une fois que Lex aurait un peu plus gagné sa confiance. Pour l'instant, elle devait se satisfaire de ce qui lui avait été révélé.

— Merci, dit-elle enfin.

Après tout, sa réponse n'avait pas besoin d'être élaborée.

— Comment vous en sortez-vous avec votre livre maudit ? demanda Eli, se redressant des étagères sur lesquelles il était appuyé. J'ai appris que vous l'aviez récupéré.

Lex secoua la tête.

— Il n'est pas vraiment maudit, dit-elle. Il était simplement désiré par des hommes avares qui accordaient plus de valeur à l'argent qu'à la vie.

— Vous en êtes certaine ? demanda Eli avec un léger sourire.

— Tout ce qu'il s'est passé peut-être expliqué par la logique, lui dit Lex d'un ton sec, sans pouvoir s'en empêcher.

— Si vous le dites, dit Eli avec un regard prétentieux.

Lex bouillait intérieurement. Il était plus énervant que jamais.

Elle s'occupa en rangeant les livres qui avaient été livrés durant la nuit. Puis elle s'éloigna afin de laisser Montgomery parler à Mme Sanderson des acquisitions qui pourraient l'intéresser. L'attention s'étant détournée d'elle, Lex put enfin s'éclipser dans les pièces du fond pour ranger les livres en paix.

Elle rangea un exemplaire près de *Pétrole de Champignons*. C'était l'un des livres qu'elle avait publiés lors de sa carrière d'éditrice. Lex réalisa qu'elle n'avait pas encore appelé Matt Lang. Son ancien collègue d'*Enlivrez-vous* lui avait proposé un poste dans sa maison d'édition. Elle devait toujours refuser son offre.

Lex était maintenant sûre d'elle. Rester ici, travailler pour atteindre son rêve, la rendrait plus heureuse que tout. Elle était déjà bien ici. Tourner le dos à l'édition une bonne fois pour toutes ne lui faisait rien, pas même un petit pincement au cœur. Elle savait qu'il la trouverait folle de refuser un rôle aussi prestigieux, mais elle s'en fichait. Elle n'allait pas prendre le poste, peu importe ce qu'il lui dirait pour la convaincre.

Lex pencha la tête pour écouter. Montgomery, Mme Sanderson et Eli étaient toujours en grande discussion. Ils parlaient d'un texte du dix-septième siècle qui avait récemment été vendu aux enchères. Des commérages sur les dernières nouvelles du monde des livres rares. Ils n'allaient pas remarquer si elle s'éclipsait rapidement par la porte de secours pour passer un appel. Un appel qu'elle ressentait le besoin de passer.

Au pire, cela prouverait qu'elle était sérieuse dans son travail. Et si elle était chanceuse, tout le monde en serait aussi persuadé qu'elle.

— Salut Lexie, dit Matt en répondant immédiatement à l'appel. Alors quand souhaites-tu commencer ?

— Jamais, lui dit Lex, sans hésitation. En réalité Matt, je t'appelais pour te confirmer que je ne prendrais pas le poste.

Elle se prépara à rester ferme. Peu importe ses arguments ou ses offres alléchantes. Aucune liberté dans son travail ne vaudrait un déménagement.

— Oh, d'accord, dit calmement Matt. Ne viens pas dire que je n'ai jamais essayé de t'aider. De toute façon, j'ai un autre candidat.

— Quoi ? demanda Lex, surprise.

Qu'était-il arrivé à toutes ses tentatives de séduction pour lui faire prendre le poste ? Elle avait eu l'impression qu'il aurait remué ciel et terre pour l'avoir dans son équipe.

— Oui, il y a beaucoup d'éditeurs de documentaire libre, tu sais, répondit Matt. Peu importe, je ferai mieux d'y aller. J'ai rendez-vous avec une cliente très importante. Je ne dévoilerais pas son identité, mais c'est une sorte de *Little Monster,* si tu vois ce que je veux dire. Je ne veux pas la faire attendre. Ciao !

Il raccrocha et Lex resta plantée dans l'allée. Elle secoua la tête, incrédule.

Elle traina encore un peu avant de rentrer. Toutes ces hésitations et cette inquiétude à propos du poste, alors que Matt Lang n'était même pas sérieux. Elle avait sûrement évité le pire. Ça aurait été horrible de travailler avec lui. Lex inspira profondément l'air marin venant des quais pour se revigorer. Elle ne pourrait jamais faire ça à Boston. Encore une petite chose qui rendait la vie ici tellement meilleure.

Lex s'apprêtait à rentrer lorsque son téléphone sonna dans sa main. Elle sursauta.

— Maman ? dit-elle directement après avoir décroché.

— Oh, Alexis ! Tu as perdu la tête ?

— De quoi parles-tu ? demanda Lex en clignant des yeux.

— Tu as refusé le poste, s'insurgea Miranda Black. Tu devais revenir à Boston !

— Mais comment peux-tu être au courant ? bégaya Lex. Il ne s'est écoulé que quelques *minutes !*

172

— Parce que...

Miranda sembla réfléchir un instant, puis elle craqua. Sa voix devint dure et colérique.

— Parce que c'est moi qui ai demandé à ce charmant jeune homme de te faire une offre. Je pensais que tu serais revenue à la raison depuis le temps !

— J'ai toute ma tête, dit Lex.

Étrangement, elle n'arrivait même pas à en vouloir à sa mère. Ni à être surprise. Sa mère avait déjà essayé de lui faire accepter un poste dans l'entreprise de son beau-père. Elle voulait que Lex rentre à Boston depuis qu'elle avait déménagé.

— Je suis heureuse ici. Pourquoi changer ?

— Oh, j'en ai plus qu'assez de ces bêtises, éclata Miranda, bouillonnante. Ça suffit. Il est temps que tu rentres à la maison, en ville, et que tu reprennes ta vie en main.

— Ma vie est très bien ici, lui rappela Lex.

Ce serait l'occasion de lui parler de Noah, non ? Non, peut-être pas. C'était encore trop tôt et Lex ne voulait pas s'en servir d'excuse.

— Je viens te voir à Incanton, annonça Miranda. C'est le seul moyen. Je vais venir et te remettre les idées en place, face à face, puisque tu refuses de m'écouter au téléphone !

Lex était sur le point de protester, mais sa mère raccrocha. Elle se retrouva là, avec un téléphone silencieux collé à l'oreille. Sa mère avait raccroché dans la précipitation. Elle devait sûrement être en train de s'affairer dans la maison. Sortir ses valises et préparer beaucoup trop d'affaires pour une courte visite.

Lex se mordit la lèvre et ferma les yeux tout en se frottant le front. Qu'avait-elle fait ? Elle n'aurait jamais dû répondre. Maintenant, elle allait devoir supporter la présence de sa mère dans son nouvel appartement. De surcroît, elle devrait l'empêcher de causer des dégâts à ses nouvelles amitiés. Elle n'était même pas sûre d'avoir assez de place pour une invitée. Surtout pas une qui avait autant de bagages que sa mère.

Lex retourna dans le magasin et reprit le rangement des livres sur les étagères. Ce n'était peut-être pas si mal, pensa-t-elle. Peut-être que sa mère verrait Incanton de la même façon que Lex et comprendrait pourquoi elle était aussi heureuse ici. Miranda verrait que sa fille avait un bon travail, des amis et de vraies perspectives. Elle arrêterait alors d'essayer de la convaincre de partir.

Et peut-être, murmura une petite voix dans l'esprit de Lex. Peut-être même qu'elle pourrait lui montrer l'église. Lui montrer quelle belle opportunité d'investissement elle présentait pour la bonne personne. Et si Miranda voyait le potentiel, alors Lex pourrait peut-être ouvrir sa librairie plus tôt que prévu...

MAINTENANT DISPONIBLE !

UN LIEU ENSORCELÉ: UNE PAGE PÉRILLEUSE
Curieuse Librairie Polar Cozy – Tome 3

« Une romance ou une lecture de plage parfaite, avec une différence : son enthousiasme et ses belles descriptions procurent une attention inattendue à la complexité des développements non seulement de l'amour, mais aussi des psychologies. À recommander chaleureusement aux lectrices de romans d'amour qui apprécient une touche de complexité dans leurs lectures favorites. »
--*Midwest Book Review* (pour *Maintenant et À Tout Jamais*)

UN LIEU ENSORCELÉ : UNE PAGE PÉRILLEUSE est le livre 3 d'une charmante nouvelle série de cosy mystery par Sophie Love, l'auteure à succès de la série *L'Hôtel de Sunset Harbor*, un best-seller avec plus de 200 avis 5 étoiles.

Quand Alexis Blair, 29 ans, est licenciée de son emploi d'éditrice et qu'elle rompt avec son petit ami le même jour, elle se demande si la vie ne l'inciterait pas à prendre un nouveau départ. Elle décide qu'il est temps de réaliser son rêve de toujours : ouvrir sa propre librairie – même si cela implique de quitter Boston et d'accepter un emploi dans une curieuse librairie d'une petite ville côtière à une heure de route.

Un mystérieux visiteur arrive en ville, en quête d'un livre rare, et prêt à l'acquérir à tout prix.

Mais lorsqu'il est retrouvé mort, Alexis se demande si le prix n'était pas trop élevé…

Et le mystérieux propriétaire de la boutique d'Alexis aurait-il quelque chose à voir avec tout cela ?

Cosy mystery captivant, plein de surnaturel, de mystères, de secrets et d'amour, centré sur une petite ville aussi bizarre et attachante que sa boutique – UNE CURIEUSE LIBRAIRIE vous prendra par les sentiments et vous fera tourner les pages (et rire aux éclats) jusque tard dans la nuit.

« La romance est bien là, mais sans excès. Félicitations à l'auteure pour ce début étonnant d'une série qui promet d'être très divertissante. » --*Books and Movies Reviews* (pour *Maintenant et À Tout Jamais*)

UN LIEU ENSORCELÉ: UNE PAGE PÉRILLEUSE
Curieuse Librairie Polar Cozy – Tome 3

Sophie Love

Auteur de best-sellers, Sophie Love a écrit : L'HÔTEL DE SUNSET HARBOR, comédie romantique composée de huit tomes ; LES CHRONIQUES DE L'AMOUR, comédie romantique composée de cinq tomes ; SPECTRAL ET CANIN polar cosy composé (pour l'instant) de trois tomes ; et du nouveau polar cosy CURIEUSE LIBRAIRIE composé (pour l'instant) de trois tomes.

Sophie aimerait avoir de vos nouvelles, alors visitez www.sophieloveauthor.com pour la contacter, vous inscrire à la newsletter, recevoir des e-books gratuits, recevoir les dernières infos et rester en contact !